El atentado

Tomás Salvador
El atentado

Novela

Premio Editorial Planeta
1960

Planeta

Editorial Planeta, S. A., Córcega, 273-277, Barcelona-8 (España)

1.ª edición: diciembre de 1960
2.ª edición: diciembre de 1960
3.ª edición: marzo de 1961
4.ª edición: marzo de 1967
5.ª edición: mayo de 1969
6.ª edición: octubre de 1969
7.ª edición: marzo de 1971
8.ª edición: julio de 1972
9.ª edición: noviembre de 1972 (edición especial para Club Planeta)
10.ª edición: diciembre de 1972
11.ª edición: marzo de 1974 (edición especial para Club Planeta)
12.ª edición: marzo de 1976 (edición especial para Club Planeta)
13.ª edición: mayo de 1976 (edición especial para Club Planeta)
14.ª edición: setiembre de 1976 (edición especial para Club Planeta)
15.ª edición: diciembre de 1976
16.ª edición: enero de 1977 (edición especial para Club Planeta)
17.ª edición: enero de 1978 (edición especial para Interbooks)
18.ª edición: diciembre de 1979 (edición especial para Club Planeta)
19.ª edición: mayo de 1981 (edición especial para Club Planeta)
20.ª edición: setiembre de 1981 (edición especial para Club Planeta)
21.ª edición: marzo de 1982 (edición especial para Club Planeta)
22.ª edición: setiembre de 1982 (edición especial para Club Planeta)
23.ª edición: diciembre de 1982 (edición especial para Club Planeta)
24.ª edición: enero de 1983 (edición especial para Club Planeta)
25.ª edición: abril de 1983 (edición especial para Club Planeta)
26.ª edición: junio de 1983 (edición especial para Club Planeta)
27.ª edición: enero de 1984 (edición especial para Club Planeta)

Depósito legal: B. 36.483 - 1983

ISBN 84-320-0032-9 colección completa
ISBN 84-320-0009-4
ISBN 84-320-5230-2 primera publicación

Printed in Spain - Impreso en España

Megraf, S. A., Ripollet (Barcelona)

Introducción

En la sala, de palacio antiguo, el secretario del secretario es dueño ocasional de los tapices, los damascos, los cuadros de firma, y, sobre todo, de los papeles y ceniceros de la mesa. Son suyos, le pertenecen; los puede desordenar, volver a ordenar, dispersar o apilar cuidadosamente. Puede hacerlo, puesto que ya los tiene previamente clasificados y todo lo que debe hacer es levantarlos ligeramente y volverlos a dejar. Son las nueve de la noche. Es tarde. Otoño trae humedad y viento.

Hay encendida una luz. Otra, más lejana, indica el paso al despacho siguiente. Euclides. La línea que pasa por dos puntos llega, indefectiblemente, a un tercero.

El visitante es un hombre, alto, delgado, nervioso. Siempre están nerviosos los visitantes que esperan seguir la línea de las luces. En la penumbra, los tapices, los sillones y consolas isabelinos observan la caducidad del ruido. Un reloj —hay muchos— cronometra el instante. Se le oye bien. En el despacho primero siempre hay silencio.

—No sé..., no sé —dice el secretario.

—¡Vamos, amigo! —insiste el visitante.

El día se disuelve lentamente en la calle. Rechinan los tranvías y su chirrido debe ser fuerte para atravesar los gruesos muros, las pesadas cortinas, el amplio palio del respeto.

—Es muy tarde.

El visitante, asombrado, hace un amplio gesto de asombro.

—¿Para qué es tarde? ¿Para qué es pronto?

—Sí, claro...

El secretario del secretario habrá de levantarse y cruzar la puerta por la línea de las luces. Lo sabe. Lo sabe el visitante. Están jugando. Incluso los visitantes poderosos deben pagar un tributo al protocolo. Su excelencia debe ser defendido. De los visitantes, precisamente. De no serlo, sobraría el secretario, el secretario del secretario y los ordenanzas del vestíbulo. Los ordenanzas del vestíbulo, aburridos hasta el atontamiento, se están preguntando, al otro lado de la puerta, el qué diablos viene a hacer al palacio el Jefe Superior de Policía.

—¿Me anticipa el motivo...? —el secretario deja un amplio margen a la confianza.

—Reservado —el Jefe Superior de Policía se inclina para decirlo. Su aliento hace temblar los papeles.

—Usted, siempre con asuntos reservados —dice el secretario, audazmente.

—Es el oficio. Se lo cambio.

—¡Qué más quisiera yo!

El visitante ríe brevemente. Observa cómo el dueño

ocasional del despacho, dueño de los tapices, los sillones isabelinos, la atmósfera palacial, se va alejando lentamente hacia la puerta del santuario. Observa que antes de llegar el secretario se vuelve como si olvidara algo. Cree entender que se le enciende una luz en el cerebro, y como en el cine doblado lee sobre su frente lo que está pensando: el importante don Atilano que quiere ver a su excelencia, reservado, importante, secreto de Estado; son las nueve y este cretino nos va a hacer la Pascua. Flotando, el secretario vuelve sobre sus pasos, se inclina sobre la mesa. Ha olvidado su lapicero de plata. Sin su lapicero de plata el secretario del secretario no sabe hablar a sus superiores. Decididamente, sin mirar al visitante, cruza la puerta y desaparece.

Lo de todos los días. El Jefe Superior escucha pacientemente el latido metálico del reloj antiguo. Espera. Otros esperaron por la mañana en su despacho. Es la vida. Cree percibir un leve cuchicheo al otro lado del mamparo. No es posible. El estilo del caserón no admite indiscreciones. Mudos y refractarios, como el corcho, han sido siempre las paredes y los lacayos. Hasta las portezuelas que discretamente se abrían y se abren para la aventurilla de turno callan y disimulan. Vuelve el otro.

—Don Atilano, ya sabe usted...

—Gracias, Bermúdez —dice el Jefe Superior.

Es pesado este silencio. Vaya ganas de estornudar que le vienen. La puerta, entreabierta, introduce al visitante. El secretario de su excelencia está en pie, aguardando. Tiene los ojos enrojecidos y la piel lechosa, blanda, insípida. Es hombre tímido, obligado a ser hombre malo del hombre bueno. El contraste le obliga a tener siempre la piel de gallina. En cada poro un pelo.

—Hombre, don Atilano, ¿también a estas horas?

—¿Está don Luis?

La pregunta es tonta. Si don Luis no estuviera, no estaría Bermúdez, ni Maturano, ni el Jefe Superior siquiera. Está, como un imán. El Jefe Superior se ha expresado mal: ha querido decir si su excelencia está disponible, si está solo, si está manejable. El Jefe Superior y Maturano han estudiado juntos y se entienden. Maturano se encoge de hombros. Espera una confidencia. No le llega. Y tiene un vago presentimiento. Como un miedo, como un fantasma. Entre una pregunta y un encogimiento de hombros pueden pasar muchas cosas. Asunto importante. El responsable del orden público despacha por la mañana. Y tiene teléfono directo. Y está aquí, esperando, con el vaho del miedo rodeándole la cabeza.

El despacho es más pequeño, es antesala. El secretario de su excelencia no necesita ser ostentoso. Su antecesor criba, él diezma y además tiembla. Su excelencia suele tener mal humor.

—¿No trae papeles?

El Jefe Superior se toca la cabeza. Allí está todo. En el fondo, los dos tienen ganas de terminar. Pero se obligan a la comedia. A veces, es una pena detener la línea que pasa por dos puntos.

—Bueno, supongo... —comienza a decir Maturano. Pero se detiene, piensa un rato y se decide. Se endereza la corbata y abandona la estancia.

Vuelve en seguida. Su cara es reflejo del interrogante que allá adentro se han formulado. Pero es discreto. El asunto ya no le incumbe; pasó de la criba y pasó del diezmo. Introduce.

El despacho es grande. Frescos de Lucas Jordán en el techo, cuadros de Madrazo y López en las paredes; porcelanas del Buen Retiro encima de consolas ventrudas; damasco amarillo en los vanos, sillones color oro viejo. Y una mesa de jaspe. La caja de caudales, sin embargo, es novísima. Está siempre cerrada. El visitante la ha visto siempre cerrada.

Su excelencia es un hombre difícil. Militar antiguo, valiente, medalla militar individual ganada en África, tiene casi desde nacimiento el hábito de mandar hombres. Debe andar por los cincuenta años, quizá más. Es general. El Jefe Superior es sólo Coronel de un Instituto Armado.

—Bien, ¿qué quiere usted? —dice el general.

—Excelencia, he tenido algunas confidencias que creo imprescindible conozca.

—Me molestan esas cosas. ¿Para qué cree que le tengo a usted?

El general sólo lleva dos años en el cargo y no ha tenido tiempo de ser dúctil. Incluso, quizá no lo sea nunca. Odia a Talleyrand, desprecia a los Aviraneta, se encocora ante los gastos secretos. Por eso ha sido difícil, desde el principio, la aventura de las nueve de la noche.

—Excelencia; se prepara un atentado —dice el Jefe Superior, bruscamente.

Interesado, el general levanta la cabeza. Grandes bolsas le cuelgan bajo los ojos. La cruda luz de la lámpara no admite la piedad. El duro ánimo del militar tiene la carne blanda. Es la blandura de la edad, del trabajo, del caserón isabelino obligando a la discreción.

—Paparruchas —dice el general, no convencido de lo que dice.

El Jefe Superior asiente mecánicamente. Está contento porque ha logrado interesar a su excelencia. Pero sabe que lo peor no ha llegado. Ni siquiera sabe si podrá llegar.

—Bien; dígame algo más.

—Contra usted, excelencia.

El Jefe Superior quisiera sentarse. El general nunca hace sentar a las visitas, sobre todo a las que, en el fondo, no admira. No admira al Jefe Superior de Policía ni a la Policía. La cree necesaria, pero sucia; insustituible, pero contaminada. Los polizontes son otro mundo, otra función, casi escatológica. El Sólo Coronel Sualdea, cuyo cargo es político, conoce perfectamente esa predisposición. Pero le molesta que la identifiquen con él. Aunque con menor rigor, se considera un militar, como el gobernador civil.

Pensando en ello casi pierde la leve transformación que sufre el rostro de su excelencia. Apenas alcanza ver un chispazo de ironía en los ojos cansados y una leve mueca en los labios excelentísimos. Le irrita. Quisiera trasladar a otros hombres el pesado halo del miedo que lleva.

—Ustedes, los policías, siempre están viendo fantasmas. Su obligación es pensar mal de todo el mundo.

El gobernador no debiera hablar de aquella manera. Está siendo injusto. El gobernador es el primero en encresparse cuando no se le pueden dar las noticias que exige. Sin embargo, no se priva nunca de la pulla, del sarcasmo. Bien, esto es una letrina y nosotros la limpiamos. ¿Quiere usted que nos marchemos a casa? ¿Quiere usted que olamos a cera de confesonario? El general, de todas formas, comprende que ha sido inconveniente y se disculpa con un gesto.

—¿Quiénes son esos locos? —dice.

—El grupo de acción de Federación Ibérica Proletaria.

—¿Pruebas...?

—Si las tuviera no habría caso —habla Sualdea—. Le traería a usted el atestado y al juez los detenidos. Son confidencias.

—No me interesan las confidencias. Le tengo a usted para recibirlas y comprobarlas.

—Ésta es digna de todo crédito. Me preocupa, créame, excelencia.

El gobernador se levanta y tras dar unos pasos vuelve a la mesa, quedando apoyado en ella. Habla.

—¿Y qué quiere usted que haga yo?

Don Atilano Sualdea le dirige una media sonrisa, mitad con irritación, mitad con desinterés.

—Tengo miedo —dice.

—Muy bien.

—Y quiero que lo tenga usted.

El general salta, asombrado. No conoce al hombre que tiene delante. Es nuevo.

—¿Está usted loco?

—Tiene usted que protegerse —dice el Jefe Superior.

—Protéjame usted —replica el gobernador, muy lógicamente.

Tácitamente, el militar policía Sualdea está llevando la conversación al punto que le interesa. Pero tiene miedo para el paso siguiente. Aguarda.

—Eso haremos. Nos tiene que ayudar usted, mi general.

El bufido de su excelencia es bastante explícito. El Jefe Superior se siente defraudado. Incluso, por mimetismo, comienza a creer que su misión no tiene importancia. Lucha, denodadamente, contra esa impresión. El general no le ayuda. Es un militar y no puede ni siquiera aparentar la sombra de una preocupación personal. Deberá hacerlo todo. ¿Cómo...?

—La confidencia es importante. El último Pleno del Comité Nacional, a presión de los grupos de acción, ha decidido hallar un responsable a los muertos del día catorce.

Día catorce de junio. ¿Ley de Fugas...? El Jefe Superior no lo sabe, no es de su incumbencia el asunto; el gobernador, si lo sabe, no se responsabiliza. El informe que tiene en su mesa dice, taxativamente, que habiendo intentado fugarse los presos Daniel Montoro Juárez, Abelardo Imenso Díaz y Germinal Ossorio Díez, la fuerza pública se vio obligada a hacer fuego, matándoles. Es la verdad que debe respaldar.

—No hemos identificado todavía a los hombres elegidos. Por eso mismo estoy preocupado —insiste Sualdea.

—Es mentira. No hay Ley de Fugas.

—Cierto, mi general.

Su excelencia, como si por primera vez viera a su interlocutor, le espeta.

—¿Qué hace usted aquí? ¡Váyase!

Sorprendido el Jefe Superior, insiste:

—Es necesario que tome precauciones, mi general.

Su excelencia se encrespa:

—¿Quiere usted que me meta debajo de la cama? ¿Quiere usted que renuncie y me vaya al pueblo? ¿Quiere usted que pida perdón a los federados?

El Jefe Superior de Policía empieza a encontrar el hueso de su misión.

—No digo tanto. Acepte usted una escolta.

—¿E ir todo el santo día con dos esbirros en los talones? Tanto se me da eso como el ir con un letrero que diga: «Llevo policías que me cuidan». No, gracias; no quiero escoltas. Y le prohíbo terminantemente me la ponga sin autorización. Le va usted en ello la destitución fulminante.

—Sin embargo...

—No hay sin embargos. Hemos acabado. Si usted cree en sus confidentes, y debe creer para justificar sus gastos, allá usted. Pero no me distraiga con los bajos fondos de su misión.

El gobernador sabe lo suficiente de la situación social de la provincia para no tomar a broma a los pistoleros de la Federación. Y aunque le tiembla la voz, no es el miedo, ni la posibilidad del miedo. En primer lugar, no cree merecer la amenaza. Está siendo duro, pero objetivo. Puede castigar, pero nunca odiar.

Y el Jefe Superior, que ha visto días atrás a un subordinado con un balazo entre las cejas, cree lo contrario. Cree, ante todo, que las balas no razonan.

—Prométame... —empieza y no termina.

—No le prometo nada.

El Jefe Superior comprende que se ha equivocado. Hubiera sido mejor callar y hacer. Obrar como un deber más del cargo, no pulsar la evidencia. Si esperaba un aplauso, tiene lo contrario. Y queda un punto más.

—Existe un extremo...

—Termine de una vez —dice su excelencia.

—Calle de Santa Tecla, número veintitrés —dice Sualdea.

El gobernador se endereza como un fleje de acero. Y después se inclina. Se produce lo inesperado. El duro y orgulloso mílite es ún hombre cansado. Un hombre... Y el Jefe Superior se siente, ahora de verdad, buceador de pozos negros. El secreto del acerado hombre público le está pesando horriblemente, porque está comprendiendo la necesidad de quitarse de encima el cargo algunas veces y ser, sencillamente, hombre.

Los ojos del general, sin ira, le miran.

—Váyase.

El Jefe Superior obedece. Se inclina, hace chocar sus talones y se vuelve. Atraviesa el salón. Todavía, mientras cierra la puerta, ve de refilón a su excelencia, que busca a tientas un lugar donde dejar caer su humanidad.

Maturano le espera. Maturano cree que es la última visita y que cinco minutos más tarde estará en la calle. Lo evidencia de tal modo que don Atilano no se atreve a decirle lo que adivina: que tiene todavía para dos horas, que quizá no se acueste en toda la noche. No se atreve, tampoco, porque es posible que su excelencia se asome por la puerta y eso es más de lo que puede resistir por esta noche.

—Ya hablaré con usted —dice el Jefe Superior.

—Cuando quiera —dice el otro.

Tan, tan, tan, tan, tan, tan, tan, tan... El reloj embutido en las amplias faldas pompadour de una damisela le indica al amante que está a sus pies de porcelana que son las diez, que se levante, que puede venir el marido. El aviso lo recoge el Jefe Superior, porque el otro no despierta.

Al cruzar el antedespacho, el secretario del secretario se rezaga intentando acompañarle a la puerta. Un ordenanza dormita en el pasillo. Silencio, escalera de honor con veinticinco peldaños. Y en la calle, la húmeda noche de otoño.

I

Con los hombres...

1 Julio Mandarino tabalea los dedos sobre la mesa. Estrella, cometa, planeta, órbita. Los dedos son metrónomo o no son nada. Lo que importa es el libro. ¿Quién tiene el libro? Mandarino hace una seña al mostrador.

—Más vino —dice.

Conoce al tabernero y el tabernero le conoce. El tabernero, hace años, obedecía igualmente órdenes extrañas. Órdenes parecidas a aquélla: «Piccardo te conoce a ti. Tú conocerás al estudiante. Fíjate. Lleva un libro de Kropotkin».

—Mandarino quiere vino —murmura.

Y como le hace gracia, se ríe. La taberna es grande, con pretensiones de café. El dueño quiere adecentarla, seguro. Al dueño ya no le satisface que la policía haga redadas.

—¿Cómo está la gallega? —pregunta Mandarino al que le sirve.

—Está bien.

—Yo quiero establecerme. Pero en Francia. Me han dicho que en Francia se bebe dos litros diarios por persona. Figúrate.

—Me lo figuro.

El tabernero se marcha. ¿Dónde está el libro? Mal tiempo hace, malo. Hoy hace viento, mañana lloverá. O al contrario. Un día sí y otro no, como las fiebres.

Julio Mandarino gusta poco de los misterios. Los llama cuentos. Los cuentos que se traen los de la Federación para complicar las cosas, como si fuera necesario. Mandarino alza su vaso y bebe. El otoño está comenzando y tiene días radiantes y días desapacibles, aunque, la verdad, Julio Mandarino rara vez tiene la ocurrencia de mirar al cielo. Se da cuenta de que llueve cuando se le ensucian los zapatos.

Mandarino, atildado, se acuerda de los zapatos. Están empañados. Busca un limpiabotas. Hay uno, pero está ocupado. A las señas, dice que bueno, pero que después.

El tabernero, mientras, a su espalda, dice:

—La policía visita esta santa casa.

—No será santa, entonces —dice Mandarino.

—Como la tuya —retruca, molesto, el tabernero.

—Yo no tengo casa. Lucho por la libertad y no la tengo.

—¡Venga, que nos conocemos! —gruñe, irritado, el otro.

Mandarino sonríe. Goza. Conoce el paño. Los que han sido cocineros luego no quieren ni ver la cocina. Y el tipo debió ser de los buenos, puesto que las huele así...

Un muchacho, de pelo negro y alborotado, acaba

de entrar y busca sitio entre las mesas. Lo encuentra. Es día laboral y las mesas esperan. Se sienta. Tira un libro sobre el mármol y mira en derredor. Mandarino observa. Le corresponde hacerse notar, con arte y experiencia, como mandan los cánones. Pero está cansado del cuento y toma por la directa. Con el vaso en la mano se acerca al muchacho.

—Un libro... ¿Me lo dejas, compañero?

El joven trata de retenerlo, pero no lo consigue. Mandarino mira la tapa, lo sopesa en la mano, lo deja que se abra, lee algo y lo vuelve a cerrar. Se sienta junto al muchacho.

—Me llamo Mandarino —dice.

Los ojos del otro dicen bien a las claras lo que opina sobre la heterodoxa actitud de Mandarino. Julio, sin ambages, recita:

—«En lo venidero, cuando algún hombre deba decir algo útil, alguna palabra superior a las ideas de su tiempo, no buscará un editor que se digne adelantar el capital. Buscará colaboradores entre los que conozcan el oficio y hayan comprendido el alcance de la nueva obra, y juntos publicarán el libro o el periódico...»

Viendo que el otro calla, dice compungido:

—¿No lo hice bien, compañero? ¡Con el trabajo que me costó aprenderlo!

—Debes tener más cuidado —contesta, por fin, el otro.

—¡Bah! ¿Cómo te llamas?

—Largo Serena.

Mandarino termina de apurar su vaso y hace señas al tabernero.

—Mi nombre es Julio —dice.

—Y el mío, ya te digo, Largo.

Julio Mandarino considera la cuestión. Serena, que ya está cansado de explicar la cosa, lo hace una vez más.

—San Largo es el día ocho de agosto.

—Pues nos vamos a divertir contigo —murmura Julio.

Serena, inquieto, observa a su interlocutor. Concuerda, desde luego, pero esperaba algo menos rudo. Mandarino, en éstas, pega un puñetazo en la mesa. Y declama:

—Largo Serena en escena.

—¿Qué dices, compañero?

—Nada. No te preocupes.

Se acerca el tabernero con su ya familiar gesto de enfado. Pasa la bayeta con evidente mala gana. Mandarino le punza la barriga con un dedo.

—Hidropesía —dice.

—Tranquilidad —enmienda el otro.

Largo Serena pide café. Mandarino debe marcharse, lo sabe; pero no tiene ganas. Informa:

—Calle Jardines, pensión en el número ocho. Ve en seguida.

Largo Serena memoriza, repite. Hasta las cosas más sencillas se olvidan.

—Bueno —dice, cuando está seguro de recordar.

—Me voy —anuncia Mandarino—. ¿Tardarás?

—Espero —dice Largo.

Mandarino comprende:

—¿Otro...? ¿Se han vuelto locos...? A menos... En fin, ¿a quién esperas?

—Un hombre con dolor de estómago.

Mandarino observa la clientela.

—Mira; allí lo tienes. Me voy, ea...

Al ir a pagar, el tasquero rechaza el pago, contento porque el otro se vaya. Mandarino le da ahora un cachetito en la mejilla.

—Apóstata —dice.

—Desengañado —contesta el otro.

2 La pensión, todo entero, se llama «El Jardín de Alá», el dueño sabrá por qué. La escalera huele a coliflor. Es coliflor toda ella. Mandarino sube despacio, buscando el número doce. Está en el primer piso. Llama.

La mujer que está sentada al lado del balcón apenas se mueve. Es joven y parece triste; se alisa, por instinto, el pelo, que es negro de color. Un hombre, tumbado en la cama, se incorpora.

—Quirino Piccardo —dice Mandarino—. Tenías que ser tú, capitán Araña.

Quirino Piccardo sonrió. Se levanta y estrecha la

mano al recién llegado. Mandarino mira en torno. Piccardo dice a la mujer:

—Anda, Luisa, ve por café.

Ella saca un pote de aluminio. Dice:

—¿Para tres?

—Para cuatro.

La muchacha se va. Mandarino observa el panorama.

—Oye, ¿para qué quieres tú una cama de matrimonio?

—¿Para qué crees tú que son las camas de matrimonio?

—¡Chico! Eres alguien. Yo soy un perro solitario. Mi madre me lo decía: «Julio, tú serás siempre un perro solitario». ¿De dónde sacaría la vieja tanto talento?

Con Quirino fuera de la cama, Mandarino aprovecha para tumbarse él.

—Lumpenhund —dice Piccardo—. Perro proletario. Tu madre, Julio, era una burguesa.

Mandarino asiente.

—Hija de un brigadier. Y mi padre, un tenientillo, que murió a los dos años de casado.

Llaman a la puerta. Entra el muchacho.

—Largo Serena en escena —anuncia Mandarino, satisfecho.

Llaman a la puerta. Entra un hombrecillo pálido, angustiado.

—Ángel Turro —dijo Largo Serena.

Piccardo asiente. Lo sabe. Mandarino, extrañado, silba lleno de admiración.

—Esto es el pleno del comité nacional. Anda, Largo, lee eso del libro que habla de hacer un libro, o un periódico. O lo que sea —dice, con intención.

—Si es algo importante, mejor.

Quirino Piccardo está rasgando las hojas de varios periódicos. Aparta algunas y con el resto hace una bola que tira bajo la cama. Sin llamar, entra la muchacha del pelo negro. Se desconcierta al ver tanta gente. Mandarino salta de la cama y despeja una mesita. La mujer deja allí los cacharros y mira a Quirino. Piccardo se acerca y le suelta un azote, sonoro y tierno.

El azote ha conturbado a los hombres. La carne se ha hecho ruido y el ruido carne. Prieta, joven, la carne golpeada es digna de ser amada. Piccardo es el único que no se entera del cambio. La mujer es, ahora, una muchacha que puede ser desnudada. Y la cama es la yacija de la copulación. La muchacha, encendida, espera.

Piccardo, llenos los vasos, los va tendiendo a cada uno. Son cuatro. La muchacha se queda sin nada. Se acerca a la ventana. Serena, con un gesto infantil, le ofrece su vaso. Ella lo rechaza, pero antes se miran los dos largamente.

—Lárgate al cine —dice Quirino.

La muchacha enjuaga el pote en el lavabo, recoge los vasos y se dispone a salir:

—Buenas tardes —dice.

Y se marcha. Quirino, que está mirando a la puerta, se le ve orgulloso. Dice:

—Es buena. Pero mejor que esté fuera, ¿no os parece?

—Me gustaría que estallaras de una vez —dice Turro—. Y, oye, no pegues a la chica.

—¿Quién le pega? Es cariño. A las mujeres les gustan esas cosas.

Y de repente, sin circunloquios, reparte a los amigos las hojas que arrancó antes de los periódicos.

—¿Quién es éste? —dice, distraído, Mandarino.

Un fulano está colocando una piedra, echando un discurso.

—Su excelencia don Luis de Arencibia y Arellano, marqués de Alzuza.

—El gobernador —comenta Turro.

—Debió estar en Cuba con mi abuelo —dice Mandarino.

Los cuatro, ávidamente, observan las fotografías. Largo Serena, junto al balcón, musita muy quedo.

—¡Ah, vamos...!

Turro y Julio Mandarino, comprendiendo, doblan despacio el papel de prensa. Turro se da cuenta que suda y echa mano al pañuelo para limpiarse.

—O es el calor, o es el susto —ríe Mandarino.

Largo Serena, circunspecto, se atreve con su opinión.

—Es raro... ¿Qué nos va a nosotros un gobernador? ¿Estás seguro, Quirino?

—Mirad, bellos muchachos, que decía un francés amigo mío. El Comité no me informa sobre sus planes de largo alcance. Me dijo que os cohesionara a vosotros. Y da la casualidad que estamos aquí. El que quiera, que se quede y el que no...

—Sí —gruñe Mandarino—, que emigre, por estar enterado. Parece una trampa, Piccardo. No es nuestro estilo. No por nosotros, sino por ellos mismos. Provocará una represión monstruo...

—No hables de estilo —dice Quirino Piccardo— que no estás aquí para pensar. Esto es un grupo de acción directa.

—Déjalo por ahora, Julio —interviene Turro—. A mí me gusta. Ya es hora que nos atrevamos con los poderosos.

—Anda éste —dice Mandarino—. Habla como en un mitin.

—Pero tiene razón —apoya Piccardo.

—No es que la tenga o que la deje de tener. Dejando aparte lo incongruente del caso —dice Largo—, no va a ser nada fácil.

—A lo mejor es que te quieren probar, estudiante.

Serena medita:

—A mí me dijeron que fuera allí, que llevara el libro. Y entended, ¿por qué a mí precisamente? ¿O a ti, y a ti...? Yo nunca intervine...

Le entienden perfectamente. Para trabajar adecuadamente, sobre todo la primera vez, hay que hacerse a la idea.

—Tienes cara de..., estudiante —dice Quirino—. A lo mejor fue por eso.

—Soy estudiante —dice Largo, vacilando.

—¿Por qué lo piensas? —dice Turro.

—A lo mejor, porque ya es un poco viejo —dice Piccardo—. A los catorce ya aprendiste tú lo que sabes, ¿verdad, Ángel?

—Todo, no —contesta Turro.

—Tengo veintitrés años —informa Serena—, puedo terminar la carrera en dos años.

—Terminar, ¿qué? —quiere saber Mandarino.

—Filosofía.

Mandarino, extrañado, levanta la cabeza.

—¿Para qué sirve?

Y dice Largo Serena, irritado:

—Los que no comprenden, aguantan; los que aguantamos, lo hacemos comprendiendo.

—¿No es lo mismo...?

Piccardo ve que la cosa puede acabar mal y tercia.

—No discutas, Julio.

La cara de Mandarino refleja sorpresa.

—¿A esto le llamas discutir?

Turro, indiferente, propone:

—¿Qué hacemos? El señorón está en su palacio; nosotros, aquí. Él no hace nada y nosotros tampoco...

Piccardo ríe, un poco forzado.

—Da gusto como te explicas, Ángel. Estamos empezando, eso es todo.

—Eso es nada, Quirino. Un tío es igual a otro tío. Lo que tenemos nosotros lo tiene él: dos brazos, una cabeza y un estómago. ¿Qué más tienen los hombres dentro, estudiante?

—Los pobres, el corazón; los ricos, la cartera.

—No me refiero a eso, hombre. Las tripas y todo eso.

—Pues las tripas y todo eso.

Largo interviene, para cortar la tonta discusión.

—¿Alguno de vosotros tiene una idea que exponer?

Callan todos. Mandarino, burlón, anima:

—Largo Serena en escena.

Largo mueve dubitativamente la cabeza. No cree que le toque hablar el primero.

—Ángel Turro es un baturro.

Ángel dice que no con los pulgares.

—Mandarino quiere vino.

Y después, como si se cayera de un nido, advierte que habla de sí mismo y niega, igualmente.

—Piccardo come cardo.

Quirino alisa los papeles con ambas manos, los mira fijamente y dice:

—Lo importante, lo necesario, es no fallar. Si fallamos, liamos. No hay otra oportunidad. Yo soy partidario de un examen cuidadoso de las circunstancias.

—¿Qué circunstancias?

—¡No interrumpas, cuerno! Ese hombre no toma café en el «Lion d'Or», ni toma el tranvía por las mañanas, ni acude al Sindicato por las tardes. Además, hay que contar con los confites.

—¿Al primer tapón zurrapas?

—Hablo previniéndolo todo, Julio; los soplones son la bestia negra de nuestra casa. Doy por descontado que sepan nuestros nombres después. Daría un brazo para que no fuera antes. Aquí os quiero, majos. Hay que evitar ese *antes*. Como sea, pero evitarlo. No quiero anticipos. ¿Por qué se saben las cosas? ¡Ah, porque hay quien habla de más! Tenéis que jurar...

—Déjate de juramentos, Quirino, que no somos niños —dice Turro.

—Bueno, no te enfades, avisaba solamente.

Largo Serena pone cara de estar pensando en las impurezas de la revolución; Mandarino y Turro, que las conocen, no ponen cara de nada. Piccardo tiene levantada la mano, como si fuera a pedir un juramento. Turro, de mal genio, se la abate.

—Advertidos quedamos. Habla de otra cosa.

Piccardo alisa una vez más las hojas del periódico. Los demás le están observando.

—Hay que saber lo que hace este hombre y cómo lo hace.

Mandarino, extrañado, se echa para atrás.

—¡Vaya encargo más extraño! ¿Por qué lo has admitido?

—Ve tú y pide ampliaciones, anda. ¿Querías decir algo, Serena?

Largo, sorprendido en sus intenciones, se ruboriza. Se acerca y pone la mano diestra sobre la imagen de su excelencia.

—Es un hombre público, ¿no?

—Desde luego. Los hombres públicos no son como las mujeres públicas, pero te entendemos.

—Los hombres públicos van a muchas partes; ponen piedras, quitan piedras, echan discursos y los aguantan. Hasta llevan flores a los monumentos. Y, yo creo, esas cosas se avisan.

Mandarino ríe con ganas.

—Ya voy entendiendo la Filosofía. Aprende, Quirino. Leyendo la prensa nos enteramos de todo.

—¿Por qué no? —dice Largo, retraído—. No conviene preparar mucho las cosas. Un amigo, forense, decía que el mejor crimen es el que comete el chalado que pega a otro, que va por la calle, y sin motivo alguno, con un ladrillo en la cabeza.

Mandarino, jocoso, pide la palabra.

—Protesto contra la palabra «crimen» que emplea, aquí, nuestro joven amigo.

—Calla, tonto. Sigue, Largo.

—No tengo nada más que decir.

Piccardo, resplandeciente, aclara un poco la situación.

—Entiendo a Largo. No es que vayamos a lo que salga, sino que estemos preparados para lo que salga, ¿es cierto?

Serena se encoge de hombros.

—Sigo esperando excusas por la palabra crimen —insiste Julio Mandarino.

—A mí me gusta —dice Ángel Turro.

—Lo que necesitamos es información —gruñe Piccardo—. Cuatro hombres no pueden estar esperando los caprichos de la casualidad.

—La casualidad se cocina —dice Largo.

—Sí, y después se come —murmura Quirino—. Veamos. Un hombre público se debe a su oficio. Si sale de su casa es para ir a actos públicos propios del oficio. ¿Voy bien?

—Vas, derecho, a poner una primera piedra —ríe Mandarino.

—La está poniendo él. Y la prensa lo ha anunciado. Y las cosas que no se anuncian, porque hace más bonito leerlas después en los diarios, se adivinan con un poco de talento.

Largo levanta la mano.

—Tiene un agujero, compañero. En los actos públicos hay mucha gente.

—¡Tate, tate! Tú llegarás, muchacho. Hay mucha gente. Hacerse linchar no tiene ninguna gracia. ¿Os gusta a vosotros?

—¡Nooo!

Por la causa, pero no tanto. Turro es el único que se muestra indiferente. Es la manzana para todo. Lo debieron mandar por eso.

—Dentro de los actos públicos hay desorden.

—Y muchos guardias —dice Quirino.

Resulta que conocen poco las costumbres de los personajes importantes.

—¿Y las costumbres particulares? —apunta Largo.

—¿Qué entiendes por costumbres particulares?

—Que le guste el cine, ir los domingos de excursión, tener alguna gachí que le consuele, que tenga úlcera y vaya a tomar aguas...

La idea no es original. Lo normal, para vigilar a un hombre, es buscar la forma de su descuido. Los hombres se confían cuando hacen algo fuera de la rutina. Pero un hombre corriente no tiene a su servicio la policía ni vive en un palacio.

—Algo es algo —dice Piccardo, suspirando—. ¿Cómo podríamos saber lo que hace ese tío?

—Se lo podemos preguntar a su secretario.

—Vete y aquí te esperamos.

Ríen y se alivia la tension. Después de todo, la idea no está mal. Conviene darle vueltas.

—¿Qué tal hombre es su excelencia?

—Militar viejo, duro y de otras tierras.

—Debe encontrarse muy solo a veces.

—Yo lo estaría —dice Largo, pensativamente.

—Algo adelantamos. Primero: en palacio no debemos hacer nada; fuera, es difícil sin tener informes. Dediquémonos a los informes. Si don Luis sale fuera, necesitamos saberlo. Vigilemos.

—¿Cómo?

—Con paciencia y una caña pescó mi tío una ballena —dice Piccardo—. Largo, tú que tienes pinta de estudiante, vas a alquilar una habitación en la pensión que hay frente al palacio. ¿Entendido?

—Sí.

Piccardo, que quiere encontrar acomodo para Turro y Mandarino, no sabe cómo.

—Mandarino, que tiene buena pinta, puede estar cerca de los actos públicos y decirnos lo que pasa allí, si va en coche, si se vuelve a palacio o va a otra parte.

—¿Y yo? —dice Turro.

—Tú, Ángel, podrías dar vueltas a palacio y ver si hay otra entrada o salida.

—¿Y tú...?

—¿Yo?... Quedarme aquí, o donde se tercie, para ordenar lo que haya que ordenar.

—Que eres el jefe, vamos —gruñe Mandarino.

—En la acracia no hay jefe. Me refiero a los datos que sea necesario ordenar. Por ejemplo, la forma de convertir un hombre público en hombre privado.

Turro quiere una aclaración.

—No entiendo eso.

—Te lo explicará el estudiante.

Largo Serena lo explica muy mal.

—Se trata de hallar el talón de Aquiles.

—¿Quién es Aquiles?

Piccardo se impacienta.

—Déjalo por ahora, Turro. Vete a fisgar por ahí y lo que escuches te irá enseñando lo que es un talón vulnerable. Y otra cosa: no llevar instrumentos. No se necesitan para esta primera fase.

Mandarino, incapaz de estar callado, dice.

—Fíjate, hasta tenemos fases, como la luna.

Y dice Ángel Turro.

—Me canso de estar aquí. Me voy...

—Por lo menos —dice Piccardo—, ¿has entendido?

—No. Pero escucha una cosa. En la plaza hay bancos, y da el sol. Me sentaré a esperar.

Le escuchan, en silencio. Ángel Turro no suele echar discursos tan largos.

—Pero, entiende, Quirino. Si las costumbres de su excelencia son nocturnas, yo no estaré allí... Yo, al sol.

Piccardo se encoge de hombros.

—Para las nocturnas tenemos a Mandarino. Bueno: improvisad, haced lo que queráis. Las ideas se encuentran cuando se las busca. Tú, Largo, lo que te dije.

Se marchan a disgusto. Siempre es igual. La calle es la incertidumbre. Los hombres que siempre están escapando se agarran al refugio más pequeño: la taberna, la cama efímera de la prostituta, la pensión humilde, la casa del amigo. Bien, a la calle, que la debilidad ya pasó.

3 La dueña del hotel es una jamona de buen ver. Acoge con simpatía al estudiante. Le gustan los estudiantes, aunque, ¡ay, Dios, son tan alborotadores, tan rompones...!

—Una vez tuve una cuadrilla que se metía en la

cocina y echaba perdigones al potaje. Pero no vaya usted a creer que los huéspedes se los tragaban, ni muchísimo menos. Como hacían ruido al caer al plato... Yo no sé qué estudiaban, porque las noches se las pasaban jugando a las cartas. Y ¡armaban cada una! Usted no es de la tierra, ¿verdad?

—No, señora. Soy de Madrid.

Piensa Largo que si la dueña no fuera tan jamona, tan simpática, debería explicar mejor qué hace un estudiante en octubre en una pensión, y un estudiante madrileño, y un estudiante que va solo.

—La habitación no está mal, como verá. Un poco alta sí que es; pero usted es joven y los principales, para los asmáticos, que decía mi difunto.

—No se preocupe.

La dueña se acerca a la ventana. Y Largo también. No exagera la mujer. Casi es una mansarda. No lo es, porque las casas del paseo, del tiempo de la reina María Luisa, se construían macizas y con fachada entera. Arriba, en el terrado, deben existir los estudios, que dicen los de la tierra. Huele a mar. El sol anda ya de refilón y el largo paseo está entre el día y la noche.

—¿Qué edificio es aquél, señora?

—¿El de las columnas? El Gobierno Civil. Antes, daba gozo, daban unas fiestas tremendas. Pero el gobernador de ahora no ofrece recepciones. Sólo cuando viene el rey. Y ya sabe usted que el rey viene de Pascuas a Ramos.

Largo piensa que si le da carrete la mujer contaría

la historia del barrio. Pero está cansado. No sabe por qué. Los nervios. O el miedo.

—Los reyes, ya se sabe... —dice, por compromiso.

—No «me» será usted republicano, ¿verdad? ¡Huy, qué horror!

—Yo, señora, no me meto en política. Yo, a mi carrera y...

Deja en suspenso la frase. La dueña se intriga.

—Usted dispense si es indiscreción. ¿Qué iba usted a decir?

—Nada, señora mía.

—¡Vamos! ¿Qué dejaba usted colgando de esa y...?

Largo, que ya lo ha soltado varias veces, se resigna a una más.

—Las damas.

La dueña suelta una risita sofocada y mira con atención. Está viendo a su huésped bajo otro prisma.

—¡Mira, qué pillín! Pero, ¡si es usted muy joven!

Largo compone un gesto resignado, de qué le vamos a hacer. Y suspira.

—No será usted de esos que persiguen a las criadas, ¿verdad?

—No, señora. Yo persigo a las dueñas.

La mujer suelta una risa marcadamente incrédula. O tiene mucha confianza en su virtud, o Largo no ofrece aspecto peligroso. El espejo del lavabo refleja a un hombre pálido, delgado, de cabello negro y descuidado. Apenas tiene barba. La mandíbula es débil, los pómulos salientes y la nariz algo caída. Los ojos, mirando de frente, son hermosos, demasiado, con largas pestañas. Largo Serena en escena, que dice Mandarino. Detrás de la piel de la frente, ¿existe algo?

—Señora...

La señora se ha marchado. Ha debido abstraerse ante el espejo. No debe hacerlo. No debe dar ocasión a que digan: ¡qué muchacho tan raro! Debe esforzarse en pasar inadvertido. Ser un estudiante que no estudia, que es lo normal.

Suelta la maleta encima de la cama. Saca un libro. Kropotkin, «La conquista del pan». Lee al azar: «En lo venidero, cuando algún hombre deba decir algo útil, alguna palabra superior a las ideas de su tiempo, no buscará un editor que se digne adelantar el capital. Buscará colaboradores entre los que conozcan el oficio y hayan comprendido el alcance de la nueva obra, y juntos publicarán el libro o el periódico». Lo deja.

Sale al balcón. No lo hará en lo sucesivo. Con el primer vistazo se hará una idea. Allí está el palacio. Columnas amarillas y onduladas. Puerta grande, puerta cochera. Ventanas en los tres pisos, ventanales nobles. Quedan cerca, un poco a la derecha. El libro de Kropotkin no debe dejarlo allí. Las dueñas de pensiones registran los equipajes. Los ventanales del principal corresponden a los salones, seguro. Pero, ¿los despachos están en los salones? ¿Dónde meter a Kropotkin? Un estudiante no puede tener esas cosas. Está desesperanzado. No se puede hacer nada que valga la pena. Quemará el libro. O lo romperá. Se hace de noche. El palacio hace manzana. A la izquierda, una plaza; a la derecha, una callejuela. Detrás, lo que diga Ángel Turro.

—¿Se puede?

Lo dice, desde dentro, una criada. Lleva sábanas en los brazos y no tiene la dueña por qué preocuparse, que nadie le andará detrás. Quita la maleta de la cama. Se mete a Kropotkin en el bolsillo. La sirvienta revuelve las ropas del lecho, cambia lo que es costumbre, palmotea, alisa arrugas.

—Tiene usted que decir a la dueña que me ponga una mesita aquí delante —dice Largo.

—Dígaselo usted mismo, señorito, que le hará más caso. ¿No baja usted a cenar?

—¿Ya es hora?

La sirvienta tiene alma de poeta. Se acerca a la ventana y dice.

—Cuando sale aquella estrella...

Venus y está encima del palacio.

—De buena gana le daría un beso —dice Largo.

—No lo haga. Besar a una vieja es pecado. Ande, baje a cenar. En mis tiempos, a los estudiantes no se necesitaba avisarles esas cosas.

Baja despacio. Cada rellano tiene un saloncillo con puerta esmerilada. Al fondo del caracol se escucha ruido de platos. No tiene ganas de cenar. Pero quiere ver el ambiente. Hotel Comercio. Barrio venido a menos. Viajantes de altura y alcaldes de pueblo en espera de resolver sus gestiones, que pueden durar un día, que pueden durar dos.

—¿Le importa que le siente a esta mesa? —dice la dueña.

—No, claro.

Una mesa como todas. Un señor y una chica que no levanta los ojos del plato.

—Don Cosme y su hija Montse —dice la anfitriona.

—Tanto gusto —dice Largo.

—Don Claudio Samora.

—Encantado —dice don Cosme.

4 Ángel Turro es un baturro. Sentado en el banco observa la nube que pasa. El sol es punto de referencia. Para las nubes, para el tiempo, para las distancias. Turro es viejo amigo del sol. Los días fríos, húmedos, le desazonan. No es viejo. Ángel Turro tiene treinta y un años. No es la edad la que reclama el sol. Es la muerte. Turro presiente la muerte. Le duele algo adentro y ese algo se le agita los días fríos. En cambio, el sol le aplaca. De poder explicar el asunto a un médico, Turro le ocultaría muchas cosas. Por eso no va al médico. ¿Qué objeto tiene hacerse trampas a uno mismo?

—Palometas, ¿quiere palometas?

—Bueno.

—Oiga, ¿por qué las tira?

—No las tiro: las siembro.

—Usted está loco, amigo.

Ángel levanta la cabeza y mira al vendedor de cotufas. Es viejo, arrugado, de dientes renegridos por el vino y el tabaco. Vende, también, lentejas para las palomas.

—No, no estoy loco. Siéntese, hermano. Yo entiendo de maíz. En mi tierra se da mucho el maíz y la remolacha.

El viejo desconfía, pero no ve cerca presuntos clientes y se sienta.

—Lo dicho, que usted está ido.

—Mi padre trabajó mucho para encontrar un maíz resistente. No sé por qué se tomaba tanto afán. El maíz se gasta poco en nuestra tierra. En el extranjero, ¿sabe usted?, hacen papillas, harinas, platos especiales, dulces. Aquí, pienso para el ganado y palometas. Deme otra gorda.

—Pero éstas se las tiene que comer.

—Lástima de un vaso de vino, ¿verdad?

—Se inflan en la barriga.

La nube termina de pasar y el sol queda limpio. Turro, que ha estado ocultando su preocupación, se siente como nuevo. El calor le suaviza.

—Dígame, amigo, ¿lleva usted mucho tiempo vendiendo palometas?

—Bastante.

—¿En esta plaza?

—¿Para qué ir más lejos?

Turro se limpia el sudor de la frente. El viejo le mira.

—Usted no es de esta tierra, ¿verdad?

—Soy de Belchite. ¿Y usted?

—De Cartagena. De joven trabajé en las minas. Me vine para acá cuando la primera exposición.

—Qué tiempos, ¿verdad?

—¡Bah!

El viejo no está propicio al recuerdo. Es duro. Los murcianos lo son. Y los cartageneros, más.

—¿Qué plaza es ésta? —pregunta Turro.

—No lo sé —dice el viejo.

—¡Hombre...!

El viejo ve a lo lejos un grupo de niñeras y abandona el banco. Ángel echa una mirada al sol. Le sigue. Sus rayos se aplastan en la fachada lateral del palacio. Entra y sale gente. Se presiente un patio grande al fondo de la puerta.

—Mire. Nunca he mirado el nombre de la plaza. Y no sé leer además. La gente dice que es la plaza del palacio. Aquel palacio.

El viejo ha vendido tres gordas de maíz y está contento. Se sienta, con el cestillo encima de las rodillas.

—¿Quién vive ahí?

—¡Caramba, está usted en babia!

—Sin faltar, amigo.

—Ahí vive el gobernador.

Turro mueve, incrédulo, la cabeza.

—Mucha casa es para vivir.

—¿Y las oficinas? ¿Dónde me deja las oficinas? Una vez me dieron un billete de caridad y entré ahí.

—Eso cambia las cosas —dice Ángel—. Las oficinas, claro. A veces no discurro bien. Y es que estoy enfermo, ¿sabe? Me pongo a pensar y me olvido de las cosas.

—Sí, es lo que pasa —concede el vendedor.

Quedan en silencio. Va creciendo el día. Los tranvías pasan por el paseo a toda marcha. Una estatua de un don Alguien está rodeada de agua. Las casas son grandes, antiguas.

—Oiga, ¿no será pegajosa?

—¿Qué dice?

—Su enfermedad.

—No. Es cosa de la parálisis. Tengo que tomar mucho el sol y luego darme friegas.

—¿Con aguardiente?

—No, hombre. Bálsamo Fierabrás.

—¡Vaya leche!

Cuando sobre la tierra no quede ni un gato, existirá una piedra labrada por el hombre. Lo soñó Ángel la otra noche y se anda preguntando qué quiere decir. El viejo de las palometas, entre cada ida y venida está más comunicativo.

—¿Cómo es el gobernador?

—Tiene dos piernas —dice el viejo, fumando un cigarrillo.

—Son las que suelen tener los gobernadores —dice Turro.

—Por aquí no sale nunca. Quiero decir por la puerta. Pero algunas veces se asoma al balcón.

—¿Algunas veces?

—Bueno, casi todos los días. Cuando hay «aplec», sale también. Por allí.

Turro le contiene.

—No señale usted, hombre. ¿Qué van a creer los guardias?

—Me conocen.

—Hola, ¿de qué habláis ustedes?

—Ésta es Encarna.

Encarna es una gitana. Vende claveles. Debe venderlos, porque nadie vio nunca que una gitana regalara algo. Turro la ha visto ya dar algunas vueltas. Como vio a un lisiado vender lotería. Y a un viejo de barbas blancas, caramelos de palillo.

—Siéntate, Encarna. Aquí el señor está pocho y viene a tomar el sol —presenta el viejo de las palometas.

—Aquí se conocen todos, por lo que veo —dice Ángel.

—¡Digo! La de vueltas que habré dao a la plaza pijotera.

Encarna, sentada, ocupa casi el doble de sitio que los hombres. Las mujeres tienen más culo que los hombres.

—¿Se vende...? —pregunta Turro.

—A pasear no vendría, digo. Mis dos pesetas sí que me las saco, ¿verdad, Paco?

—Y cinco también, que eres una zorra —envidia el viejo.

—¿Es tisis lo suyo? —dice la gitana, sin hacer caso.

—No. Cosas de los nervios. Oiga, ¿ha vendido claveles al gobernador?

El viejo, intuitivo, se ríe.

—Este hombre parece que está enamorado del gobernador. Anda, Encarna, dile cómo es.

—Es viejo, pero muy estirao.

—Jiii, jiii, jiii —ríe Paco.

Encarna se siente molesta.

—¿De qué ríes, pimentonero?

—De lo que se le estira al gobernador.

Encarna se enfada.

—Calla o te estrujo, asaúra.

—Digan, ¿a qué viene esto? —pregunta Ángel.

—No es nada. Está chalao.

—Bueno, Encarna, ¿te compra claveles el gobernador o no te los compra?

—Mis claveles pueden ir a todas partes con la frente muy alta.

—Ir, ya van, ya van. Encarna, no lo niegues. A ti te gusta el gobernador. Por eso le guardas los secretos.

Encarna, halagada, sonríe.

—Don Luis es un cabayero. A veces mira por cima del hombro, pero se saca una peseta del bolsillo y la suelta como nadie. Le pongo un clavé en la solapa y le digo: «Anda, mi niño, que todavía funcionas». Otras, si te he visto no me acuerdo.

Quedan en suspenso. Pasa un soplo de viento. Se mueven las hojas de los árboles. Ángel Turro reprime un escalofrío. Los demás no se dan cuenta.

—Está duro el banco —gruñe Encarna—, ya podían poner almohadones.

—Díselo tú al baranda, corre —insinúa el cotufero.

Ángel mira las cotufas. Blancas como el algodón. El algodón se llama cotón, «cotó» en Cataluña. Las palometas, ¿se llamarán cotufas por lo que tienen de algodonosas?

—Pues no creas, que una vez le pedí y me dio... —está diciendo la gitana.

—¿Qué pediste?

—Nada.

Encarna da por terminado el descanso. Los claveles se agitan. Los claveles tienen unas hojas que parecen rasgadas con cuchilla de afeitar y luego bañadas en un cubo de sangre. Turro mira los claveles. La gitana también.

—Me voy a dar una vuelta.

—Bueno...

Calienta el sol. Ángel Turro está inmejorablemente. La fachada del palacio tiene reflejos dorados, tiene reflejos ocres, reflejos de todos los colores.

5 Mandarino tiene un aire achulado que le va bien a las tabernas. En las tabernas, Mandarino se encuentra como pez en el agua. Sabe de ellas más que los taberneros.

—Levanta bien el codo, niño —recomienda Julio al mancebo que sirve.

La taberna está llena. Cerca está el puerto y una parada de camionetas de transporte. Es la hora del recuelo. Pronto caerá la tarde y se irán los pescadores y «camàlics»; vendrán entonces los ferroviarios y los vendedores del mercado. Buen negocio. Mandarino se fija en esos detalles. Cuando tenga unos ahorros montará una tasca, se juntará a una buena hembra y tirará el carnet.

—Oye, hermano, ¿esas cafeteras nuevas...?

—¿Decía algo, amigo?

—Digo que si son buenas las cafeteras nuevas.

—¿Es usted del gremio?

Mandarino, antes de contestar, se vuelve para mirar el ambiente. Le gusta, decididamente le gusta.

—Quiero serlo. Ando buscando por ahí un buen asunto.

Al tabernero, un chico joven, le tiene sin cuidado la tasca. Es de su padre y lo que quiere él es largarse a Francia.

—Allá usted —dice.

Mandarino, dejando el vaso cuidadosamente sobre el mostrador, se aproxima a la puerta. Antes, sonríe al mozo, para demostrarle que no se va a ir sin pagar. Se asoma, mira, mueve la cabeza como si aprobara. El palacio queda bastante a trasmano. Una puertecilla, a lo lejos, está cerrada.

—Me gusta —dice, volviendo—, me gusta.

—Oiga, si quiere usted comprar, eso a mi padre.

—¡Anda éste! ¿Te crees tú que se compra así como así? Calma, niño. Echa más, anda.

Pescadores, «camàlics», dependientes... Algunos con corbata. Deben ser empleadillos de la Lonja. Fuera, los carros que van al puerto rebotan contra los adoquines. Decididamente, Mandarino está en su ambiente.

—¿Un decimito?

—Bueno, trae.

Mandarino juega a la lotería. Le suele tocar la pedrea.

—¿Lo quiere de chepa?

—¡Toma! ¿Cobras más o qué?

—La voluntad.

—Bueno, anda, ratón, que tienes cara de potroso.

No mira el número. Le gusta más, el día del sorteo, despegar con ceremonia de la buena el papelito delante de la lista oficial. El cara de potroso es un viejo que si de verdad tuviera suerte podría utilizarla más de lo que la utiliza. Pero Mandarino no se fija en esas cosas.

—Oiga, ¿le gusta? —dice el tabernero.

—No está mal.

Es un tipo de rostro congestionado, gordo.

—No se vende.

—¿Lo regala? Entonces, ponga más.

El hombre gordo se echa a reír. Le tiembla la tripa, la papada y las cejas. Mandarino, sin comprender, espera que le pase el ataque.

—No me refiero al vino, hombre.

—Pues como no se explique...

—Digo el local.

Mandarino, a sus anchas, empieza a comprender. Aquel tipo es el dueño.

—Eso de no vender, nunca se sabe, ¿eh? Porque, vamos por un caso, vengo yo y le digo, ¿quiere usted diez mil duros?

El tipo gordo se acoda en el mostrador y no contesta.

—Menudo salto pegaba usted, ¿eh? Todo se vende y se compra en esta vida —concluye filosóficamente Mandarino, que no sabe filosofar.

—Ya sería menos.

—Es un decir, desde luego.

Un fulano, en un rincón, se arranca por soleares. ¡Bah, no vale nada! Hace calor. Los carros siguen pasando y rebotando. Sobre el mostrador, las moscas no se atreven a posarse. Tienen miedo al agua.

—Usted no tiene cara de diez mil duros.

—Era un decir, vamos —contesta Mandarino—, un ejemplo. Una gachí, que decía que ni pum del asunto, por veinte pavos se espatarró como una fiera

—¿Usted dio cien pesetas a una mujer? —pregunta, asombrado, el hombre gordo.

—Desde luego —dice, tristemente, Julio.

Tristemente, porque es verdad. El recuerdo le deja triste. Siempre ha sido así. ¿Quién no ha hecho alguna tontería en su vida?

—El «negoci» me gira trescientas diarias —dice el hombre gordo.

—No está mal. Limpias la mitad, claro.

El dueño hace un gesto de así así y algo más. Mandarino adelanta el belfo.

—Pues estos del pescado no parecen gastar mucho.

—Pechs...

—La cafetera nueva está bien —dice Julio.

—Oiga, padre, eche usted una mano —dice el otro, el que despacha.

—Al chico no le gusta —comenta, pillo, el tío gordo.

—Ya me di cuenta.

Parece agotarse la conversación. Mandarino escucha las campanadas de un reloj.

—Los del pescado, ya se sabe —dice el tabernero—, la barrecha, el carajillo y la frasca. Pero me traen pulpitos y musclos para las tapas.

—Yo creo que la cocina... Ya me entiende, tiene trampas, se va por ella más que viene.

—Depende,

La conversación, definitivamente, se agota. Mandarino se asoma a la calle. El palacio, poco a poco, va apagando sus luces. Quedan algunas, en el piso principal.

—Bueno, padre, ¿viene usted o no viene?

—Ya voy. ¿Quiere usted otro chato?

—Venga de ahí.

La brisa del mar trae humedad. Huele la basura descompuesta en las aguas, huelen las cebollas amontonadas en los docks.

—No; la gente del pescado no deja mucho. Pero de ahí, del gobierno, vienen los chupatintas a cafetear y merendar. Estoy en buenas relaciones con ellos. Nada de multas, nada de nada...

El de las soleares sale ahora por fandanguillos. Lo hace mejor, es más fácil. El fandanguillo tiene mucho cuento.

—¡Caramba, qué suerte!

—Son buena gente.

—El mandamás no vendrá, ¿verdad?

—Hombre... Pasa algunas veces por delante, pero no entra. En fin, me voy al mostrador.

—Nada, por mí no se distraiga, el «negoci» es el «negoci» .

—Usted, a la vista, ¿no es eso?

—Hombre, gustar ya me gustaría; pero antes, usted ya comprende, hay que fijarse un poco. ¿Qué pasa si se mete uno hasta las orejas? Que luego la parienta se queja y uno, ¿qué va a hacer uno?

—No le digo nada, ¿eh? Cada uno a lo suyo.

—Desde luego.

El hombre gordo, de mala gana, se marcha detrás del mostrador. Julio tiene ganas de marcharse también. Se irá dentro de un rato. Observa cómo el hombre gordo sacude un duro contra el mármol de prueba. El tío es un lince. El duro rebota y rebota. Suena bien.

—¿Quiere usted cobrar?

Paga. Le cobran sin requisitos. Sobra algo, que se mete en el bolsillo. El hombre gordo le mira, con cara de querer saber dónde pueden estar los diez mil duros.

—¿A usted no le molesta que venga por aquí hasta ver el asunto claro?

—No, hombre. Pero de vender, nada, ¿entendido?

—Ni que decir tiene. De comprar, ¡chitón!

Mandarino, con el regusto del vino en el paladar, sale a la calle. Pasa por delante del palacio. Sigue adelante. Sigue más. Toma el paseo. Se confunde en la ciudad iluminada. Mandarino, algo chulo él, se ajusta el pañuelo de seda blanca.

6 Su excelencia se deja caer en el sillón. Está cansado. Deja caer una mano aquí, allí la otra; reclina la cabeza en el alto respaldo y se mueve, buscando acomodo para el hueso dulce.

—Octavio —dice—. Anda, tráeme las píldoras.

Octavio Camilo Labás pudo haber sido sargento, y hasta brigada quizás, en La Legión, pero le tomó gusto a su coronel y de asistente patilludo había llegado a hombre para todo. Los franceses dicen «là-bas» para ahorrarse decir: «lo antedicho», «lo que dijimos antes», «lo asentado anteriormente». Al coronel le hacía gracia tener un «Labás» como asistente. Todavía le hacía gracia. Octavio Camilo seguía ignorando, pese a los años transcurridos, la humorada trascendente de su coronel.

—Mi general, ¿qué tal los asuntos?

—Los asuntos, là-bas, como siempre. Esta pijotera provincia es peor que un blocao. ¿Me das las píldoras o no me las das?

—¿Por qué no las lleva usted en una cajita?

—Porque no me da la gana. Para eso te tengo a ti. Oye, deja esa carpeta quieta, que tiene un asunto urgente.

—Yo, mi general, cualquier día me voy. A usted no hay quien le aguante.

Su excelencia sonríe. Cierra los ojos. Descansa. Octavio Camilo se acerca y le quita los zapatos. Le pone debajo un periódico. Su excelencia tiene el vicio secreto de ir descalzo. Le gusta ir descalzo en la intimidad. Por nada del mundo confesaría Octavio Camilo la debilidad dc su coroncl.

Octavio maneja un poco la lámpara para que sobre la cara del gobernador caiga más penumbra que luz y se aleja. El general tiene media hora sagrada, la que antecede a la cena. La necesita para lavarse el cerebro, para olvidar que está solo en el enorme caserón. Descansa. El cuero del sillón, huele, algo, a silla de montar.

—Ya es hora, don Luis.

El gobernador se mueve, despacio.

—¡Dios! Qué pronto pasa el tiempo.

Octavio quiere ayudarle a incorporarse. El general le rechaza.

—¿Crees que soy un viejo?

Octavio no sirve la mesa, ni mueve un cubierto. El palacio tiene bastantes servidores para hacer esas cosas. Octavio, detrás del sillón de su general, observa lo que sucede en el comedor. El mayordomo, el mozo de comedor, la camarera, la cocinera y los pinches le tienen una tirria tremenda.

—¿Otra vez lubina? Octavio, a ti te mando yo a Regulares.

—Tengo la absoluta, don Luis. Le avisaré al mierdecilla del mayordomo.

—¡No, por Dios! Me ha presentado un pliego de agravios contra ti mayor que los conflictos del Comité Paritario —dice don Luis.

—¿Sí? ¿Y qué le dice? —pregunta, con absoluto desinterés, Octavio.

—No me acuerdo. Debí olvidarme de leerlo. Lo haré una noche de estas. No me extrañaría nada que me robaras a mansalva.

Al general le gustan los cristales finos. Bebe agua mineral, pero en cristales que al tocárseles con la uña hacen, ¡clink...!

—Le robo, desde luego. Hay que mirar para la vejez.

Octavio está echando una mirada feroz a un ayudante de comedor, que en vez de cuchara para el melón ha puesto cuchillo.

—¿Has leído los periódicos esta noche?

—Sí. Está usted retratado. Al álbum lo llevé todo.

—Mi gabinete de prensa sólo me recorta los conflictos, las huelgas, los disgustos. ¿Sabes lo que me gustaría conocer, Octavio?

—Me lo figuro, mi coronel.

—Escuchándote, là-bas, no sé si soy coronel o general. Me gustaría saber los niños que nacieron ayer en la ciudad.

Al mozo de comedor, de la sorpresa, se le cae un plato. Su excelencia levanta una ceja.

—¡Qué estúpido! —dice displicentemente.

Y se lava, con el disgusto, las manos en el aguamanil de plata. Octavio retira el sillón de su coronel y éste se acerca a uno de los balcones. Descalzo, ausente, ligero. Echa una mirada hasta que el vaho empaña el cristal. No le gusta molestarse en limpiar el vapor y lo que tarda el vaho en condensarse es el límite a su curiosidad. En invierno, ve muy poco; en verano, bastante más. Octavio aguarda con un vaso de agua y una pastilla de algo.

—Dame el cemento —dice el general—. Me gustaría saber dónde pesqué esta úlcera.

—Pregúntele a ella si está contenta —dice Camilo.

—En la guerra no fue. Ha sido aquí, en la ciudad.

Su excelencia hace los esfuerzos mínimos para que la pastilla se deslice a su debido lugar.

—Voy a trabajar un poco —dice.

Trabaja en un gabinete inmediato. Lleva el portafolios en la mano. Necesita estudiar un informe de siete alcaldes, cada uno aportando pruebas de que necesita su pueblo, más que el cercano, un canal de riego. Algo simple y complicado al tiempo, entre el pedir y el exigir. Los alcaldes, por lo que sea, se le presentan siempre en grupo. Debe ser para darse ánimos. A veces, esto le causa conflictos con la Diputación.

—Ya viene lo bueno —anuncia el asistente, orgulloso.

Y es que lleva un té moruno, aromado, fuerte y áspero, resabio antiguo que ni su coronel ni él han logrado eliminar. Preparar el té, servido a la hora nona, y, a veces, beber él mismo, es el gran privilegio de Octavio Camilo. El Lucus, las montañas del Atlas, Xauen la bella, las medinas blancas, las medinas color de miel, la leche, los higos, los dátiles, las uled-nail («¡Hijas de la dulzura, que Alá el Grande, el Misericordioso, os conserve, ya que no os bendiga!»), el velo azul de los mehalistas, el ruido y las moscas de los zocos, el sol, el pacúng... vocero de la muerte, los mulos, el Rebellín bullanguero, las tormentosas noches de amor, las suaves noches de muerte, los muertos queridos... Don Luis y Octavio son hombres fuertes, enteros; por nada del mundo se confesaran lo que sienten. Ambos, ante la infusión, se conceden media hora; al asistente se le eriza la piel y le tiemblan las piernas. Don Luis, calla, cerrados los ojos. África suele dejar un sello parecido a sus amantes.

Canta el aire, se estiran las sombras, chispea la porcelana. El general, atormentado, dice:

—¿La viste, Octavio?

—La vi, mi coronel —dice Labás.

Ambos están dentro del lirismo, ablandados.

—¿Le dijiste que no pude ir, pero que iré pronto?

—No; no se lo dije.

—¡Canalla! —insulta el general.

A Octavio no le importa. Lo que su coronel canta en el insulto lo sabe bien. Lo que canta es deseo. Octavio está bien preparado para papeles celestinescos. No le importa, sencillamente, llevar o traer recados.

—A mis años, Octavio, caer así...

Es la constante rebelión. El asistente, que se las sabe todas, dice, indiferente:

—Lo que se puede, se hace, lo que no se puede no se hace.

Y el general le entiende perfectamente. Levanta la cabeza al espejo cercano, levanta las manos a la altura de sus ojos. Están firmes. Le responde la virilidad. Pero se sabe quemado por la vida, angustiado por la soledad y escasamente confortado por la responsabilidad de su alto cargo. No quiere confesar su miedo. Teme a la dulzura de los abrazos, al negro espanto del futuro.

—Debiste decírselo —se queja.

—Que espere y sufra esperando —dice Octavio, magnífico y experimentado.

—¿Lo crees así...?

Octavio apura la última gota de su té y no contesta. El general se levanta. Terminó el hechizo, la debilidad. Lo ha despachado como un asunto más del día. Vuelve a sentirse fuerte.

—Trae el portafolios y lárgate —dice.

Octavio despierta. Recoge los avíos del té y se dispone a marchar. Le detiene una seca llamada de su coronel.

—Un momento, espera.

Octavio comprende que algo extraño se ha introducido en la sala. Ignorándolo, se encuentra indefenso.

—El otro día estuvo aquí el coronel Sualdea. Me dijo que me quieren matar. Me extrañó que me lo dijera... Pero esto es otra cosa. Lo que te concierne, lo que me convenció de su sinceridad, es...

Octavio está sonriendo. Sabe que al viejo militar no le importa la muerte.

—Bueno...

Late en la voz del general un acento de ira.

—Con su sucio juego de confidentes creen estar haciendo y deshaciendo reyes. No me preocupa. Es otra cosa... El coronel Sualdea, al negarme yo a tomar precauciones indignas...

Le tiembla la voz al general. Se pasa la mano por la frente. Sin necesidad de escuchar más, Octavio comprende.

—Imposible —dice Octavio.

—¡Cállate, quieres, que estoy hablando yo! —grita el general—. Me dijo, ¡qué vergüenza!, calle de Santa Tecla, veintitrés. ¿Qué sabe ese hombre?

Si Octavio tuviera sentido del humor le diría al general: todo menos el piso, consuélese usted por lo menos. Pero no lo tiene.

—Lo sabe, lo sabe —continúa su excelencia—; lo saben sus esbirros, ¿cuántos lo saben en esta ciudad? Me han espiado a mí, a mí, ¿comprendes?

Octavio comprende. Imagina una larga ristra de sombras esperando que las iluminadas ventanas se apaguen y que un hombre erguido abandone la casa. Imagina las risas, los cuchicheos procaces.

—¡Dime! ¿Has sido tú?...

Octavio no se molesta en responder. En cierto aspecto, se considera tan ofendido como su excelencia.

—¡Qué ridículos son los secretos de un alto personaje! ¡Qué dirán ellos, todos!

Octavio se decide a ser brusco. Tiene miedo, porque no conoce al hombre que apostrofa; pero quiere intentar el asalto al blocao.

—Dirán que todavía puede usted acostarse con una mujer.

El general, sorprendido, observa a su asistente.

—Estúpido. Para mí ya pasó esa vanidad.

—Entonces, déjeles que digan.

Más calmado, su excelencia, descalzo, pasea por la sala.

—Bien —dice, indeciso—, no hagas lo que no quieras

que se sepa. Pero hay un punto que me atormenta: ella.

—Sí —musita Octavio.

—Ella, la escondida —la voz del general tiene el lirismo del té moruno a mil kilómetros del Mogreb—, mi vergüenza. ¿Habrán esperado a saber quién es ella? El coronel Sualdea me lo dijo con acento cómplice —el general se va exaltando otra vez—, con la miserable complicidad del hombre hacia el hombre.

—Don Luis... —ruega Octavio.

—Don Cuernos... Bueno, ¿qué dices tú, alcahuete? Yo no sé defenderme de estas cosas. Dime algo.

Octavio piensa todo lo rápido que le es posible.

—Hay dos soluciones. Primera, que deje usted de ir...

El gesto de su excelencia haría pensar a una piedra. Y por ello, Octavio explaya su segunda opinión.

—Buscar otra casa.

El general, después de reflexionar, dice:

—No; por las mismas razones que di al coronel Sualdea. Bien sabe Dios que quise contener el escándalo. Y que lo contendré en lo sucesivo. Pero lo que hago lo mantengo. No quiero que me protejan, no quiero huir. ¡Quiero que me dejen solo, que me olviden, que me permitan ser un pobre hombre!

De no estar descalzo, las palabras de su excelencia parecerían altisonantes a Octavio. La humanidad del hombre supera el énfasis del personaje. Octavio lo comprende sin comprender. Quiere decir algo y no encuentra palabras. Mejor es marcharse. Recoge nuevamente el servicio, dedica una última mirada a su coronel y se marcha.

Al otro lado de la puerta, siente que algo le molesta en los ojos. No puede limpiarse. Espera. Espera a que le pase la molestia. No se oye ningún ruido al otro lado. Octavio va entrando en reacción. Le tiemblan las manos. Ve una calle oscura; un hombre camina por el centro, imposibilitado por el orgullo para mirar atrás. Ve unas sombras que le siguen. Ve el orgullo manteniendo firmes los pasos del hombre solitario. Ve unas lengüetas de fuego. ¿Por qué es silenciosa la escena? Comprende que ama al hombre descalzo del otro lado de la puerta y, entonces, ve llegar la bronca silueta del miedo.

7 Piccardo quiere destrozar el aburrimiento de la noche y no encuentra armas. Gastó todos los proyectiles durante el día. Ha seguido, en el mapa del techo, el curso del Mississippi, la orografía de los Urales, las márgenes del lago Victoria. Ha amado a la mujer callada que tiene por compañera. Ha leído la prensa. Ha recordado.

—Luisa —dice—, ¿qué hora es?

—Son las doce.

—Ven aquí —ordena.

Se acerca la mujer. Es joven. Tiene negro el cabello, recogido en abundante moño. Tiene atezada la piel de la cara y las manos. Tiene áspero el tacto y suave la mirada. A Piccardo más de una vez le ha desarmado la mirada triste de Luisa. Cuando Luisa se sienta en un rincón, cosiendo ropa, ¿qué piensa?

—¿Qué te parecen ellos?

Luisa, sorprendida, mira sin decir nada.

—Son buenos tipos —Piccardo tiene deseos de ser confidencial—; no los hay mejores. ¿Conoces nuestro himno? Cada uno de nosotros tiene derecho a unas estrofas: «Si tu existencia es un mundo de penas — antes que esclavo, prefiere morir»; ésas son para Ángel Turro. Ángel Turro tiene una serpiente en el vientre. Y frío, mucho frío. Busca el sol como si fuera suyo, exclusivamente.

Quirino extiende la mano, la cierra y se contempla el puño.

—Así, como este puño, debe ser el nudo que tiene Ángel en las entrañas. A veces me entran ganas de palparlo, de darle masaje para que se le vaya. No me atrevo. Te lo confieso, Ángel me oprime, me causa respeto.

Quirino abre la mano y mira sus dedos extendidos. Ríe suavemente. Y dice:

—El chico, Largo, lleva en el espaldar de la chaqueta estos dos renglones: «Y aunque nos espera el dolor y la muerte — contra el enemigo nos manda el deber...».

Luisa sonríe. Comprende a Largo. Siente todavía

en el pecho el calor de la mirada que ambos sostuvieron.

—Largo morirá joven.

A Luisa se le hiela la sonrisa.

—Largo no puede comprender lo que tiene de sucia la política. Largo Serena va por el mundo con el libro de la revolución bajo el brazo. Largo, cuando tiene un instante, abre el libro y lee unas páginas. Cree en la injusticia, en la existencia de la injusticia social. Odia a los tiranos. Los ignora como hombres. Hace abstracción de su condición humana y sólo piensa en el símbolo de la tiranía.

Luisa, triste, no sabe qué decir. Quirino Piccardo, temiendo haber ido muy lejos, espanta las palabras a manotazos.

—Dejemos en paz a Largo. La revolución necesita hombres como él. No entiendo bien por qué, pero los necesita. Y los tiene. Tener hombres como Largo justifica, a veces, una revolución.

—¿Por qué hablas tanto de revolución? —pregunta Luisa.

Quirino, sorprendido, mira a la mujer.

—Tienes razón. Nosotros, los que matamos, ¿hacemos la revolución? Nosotros, los que vengamos, ¿creemos en la revolución? No te asustes, Luisa. Dejemos esto. Te hablaré de Julio Mandarino, Mandarino canta: «¡A las barricadas, a las barricadas — por el triunfo de la Confederación!». Y Mandarino no quiere morir. Julio quiere beber vino e ir a las calles para levantar adoquines, uno, muchos, sacar colchones de las casas, esconderse detrás y esperar que le haga toser el humo de la pólvora. Mandarino es un héroe popular. Tiene instinto de mando en las situaciones difíciles. Es un chulo de mal vino en ocasiones. No quiere morir y seguramente no morirá, por lo menos en la lucha política. Sueña con regentar una taberna y olvidar los tumbos que pegó en la borrachera de la revolución. Borrachera de la revolución... Mira tú por donde encontró la imagen justa.

—Borrachera de la revolución —repite Luisa, fielmente.

—La revolución es una borrachera social y Julio lo presiente. Tiene el vino fuerte y eso le gusta. La borrachera, la revolución, puede convertir a los hombres en leones, en monos rijosos, en cerdos revolcados en basura. Depende del vino que se tome.

—¿Cuánto toma el delgado?

—¿Julio? El que encuentra en las tabernas.

Quirino Piccardo se levanta de la cama y efectúa un extraño periplo: recorrer el contorno de la habitación con un dedo extendido, tocando la pared, como si trazara la línea de una frontera.

—Ya no vienen —dice cuando termina.

—Mejor. Me gustaría... —musita Luisa.

—¡Qué te gustaría, pécora! —dice el hombre, irritado.

—Que no vinieran más.

—¿Qué te importa que vengan o no vengan?

—Me importa.

—Vamos a ver, ¿por qué?

—Porque estoy yo.

Quirino, sorprendido, se acerca a la cama.

—Y yo también. Y estás conmigo.

—Por lo que entiendo, lo que preparáis autoriza a esos tres a venir cuando quieran, ¿no es así?

—No exactamente. Deben venir cuando no hay otro remedio.

Luisa medita y no ve que aquello cambie fundamentalmente el asunto.

—Es igual. Vendrán a cualquier hora. Yo no voy a poder vivir. Puedo estar en la cama, puedo estar lavándome... No me gusta. No te enfades, Quirino.

Piccardo se encuentra ante un factor inesperado.

—¡Caramba con la niña!

—¿Crees que soy un mueble?

Piccardo acuerda reír sonoramente. Luisa se enfada.

—Tú necesitas estar solo. Yo estorbo.

—Venga ya, no digas idioteces...

Luisa se calla y queda zanjado el asunto. Quirino, aunque refunfuña, sabe que la mujer tiene razón. Toda la razón del mundo. Luisa debiera estar a cien leguas de allí. No se montan proyectos al lado de una cama. Se está engañando, porque ni siquiera cree en la fábula de las compañeras de la revolución contribuyendo al triunfo de la causa. Se engaña con una débil razón.

—Me das respetabilidad —dice, cuando la mujer ya no espera razones.

—¿También cuando sean las dos o las tres de la mañana y aquí vengan dos o tres hombres más?

No había pensado Quirino en aquello. Se molesta.

—Vamos a dejarlo. Ya pensaré algo. ¿No te aburres, Luisa? Esto no hay quien lo aguante.

—No, no me aburro.

—Eres un palo, unos pelos colgando del cráneo.

Luisa sonríe, se incorpora insuflando el busto. Se le entreabren los labios y la carne es cálida bajo la ropa. Quirino, en vez de pegarla, la tira sobre la cama.

—Cierra la puerta —pide ella.

Tranquilo, Quirino pregunta, mitad por fórmula, mitad por ilusión.

—¿Me quieres, Luisa?

—No.

El hombre se incorpora para mirarla.

—¿Por qué?

—Nunca preguntes eso. Un no explica muchas cosas.

—¡Ya estoy harto de tanta pamplina! Te he recogido, te trato bien, ¿verdad? Tengo derecho a preguntarte algo. ¿Crees ser un ama de llaves?

—No creo nada. Déjame. No tengo ganas de hablar.

Luisa sabe que triunfa su femineidad. De cuando en cuando... Y entonces puede mentir, o ser sincera, no sabe cuál de las dos cosas.

—¡No! —dice Piccardo—. Habla, dime algo. ¿No te trato bien? Claro, sueñas, como todas las mujeres, con una casa, unos visillos, los hijos y la semanada en mano.

Le da un cachete en las nalgas. Luisa sonríe. No dice nada.

—Tonterías, Luisa, te lo digo yo. La vida es esto y algo peor todavía.

Quiere hacer pinitos revolucionarios.

—Por eso la Revolución quiere cambiarla.

Ve como Luisa sonríe más y se calla. Piccardo no es tonto.

—Te trato bien —insiste.

No sabe qué más decir, y, por otra parte, le está entrando sueño. Luisa, las manos bajo la nuca, dice:

—¿Sabes quién me gusta? Largo Serena, ese chico.

Piccardo se mueve, bajo el motor de la risa.

—¿Ese crío? Oye, ¿te ha dicho algo?

—No.

—Pero si le llevas ocho años.

Luisa niega.

—Cinco.

Quirino Piccardo, sin enfadarse, medita.

—Ese chico es asexual. Yo no le veo la gracia por ninguna parte.

—Yo no pienso acostarme con él. No todo es eso entre la mujer y el hombre.

—Mira, déjate de monsergas. Y conste que yo he leído a Platón y tú a lo mejor crees que es el caballo del Cid.

—¿No lo es?

—No.

Quirino se levanta y, verdaderamente, va a hacer gárgaras. Toma un buchado de agua y gargariza. No está nada gallardo, con el pantalón abierto y en camiseta. Luisa, que le ve de refilón, siente algo de ternura.

Quirino vuelve y se sienta al borde de la cama. Toma entre las suyas una mano de Luisa.

—¿En qué piensas? —pregunta.

Luisa sonríe.

—En las cosas que no entiendo. En lo rara que es la política que puede hacer cosas así. Cosas como echar hombres a la calle, cantando, para matar o para morir. Dime, qué estrofas llevarás tú en la garganta. No me lo has dicho.

—No, no te lo he dicho.

—¿Por qué?

—A lo mejor porque no las tengo, o lo mejor, porque yo sencillamente, obedezco.

—¿A quién?

Quirino calla, calla, calla. Y cuando habla, después, lo hace casi como un chasquido de espiga, como un lamido de vaca a su ternero.

—Obedezco, eso es todo, Luisa... ¡Qué vida, mujer, ésta de hacer las cosas que hacemos! Pero si quieres que te diga algo, Luisa, te diré que la política es algo importante, algo grande, algo que no se puede explicar. Es como un juego sólo para hombres. Ni la caza mayor, ni el hacer dinero a montones, ni ser artista famoso... Todo es filfa al lado de la política. Y eso que, ¡ya ves!, no sé siquiera si estoy haciendo política.

—¿Qué haces, dime? —intenta saber Luisa.

—No quiero decírtelo, por lo menos ahora.

—Lo dijiste antes: la revolución.

—¡Bendita simplicidad! Hazme un hueco, mujer, que me quedo helado. Hace frío... Ya no vendrán esta noche, ninguno... ¡Ay, estás tibia, como la piel de una yegua...! ¡Gracias, Luisa, gracias...! ¡No te encapriches de Largo!

—Me miró a los ojos y me dio su café.

—Muy propio —dice Quirino—. A las mujeres os gustan esas cosas, aunque estéis hartas de vivir... Bueno, apaga. ¡Ay, estás tibia!...

Luisa apaga la luz. Sonríe en la oscuridad. Luisa sonriendo, es más hermosa que cuando está triste. Por lo corriente, Luisa sonríe de noche, mientras su compañero duerme y por eso es raro que se sepa lo atractiva que puede ser Luisa.

8 En la taberna va quedando poca gente. Es tarde ya. Los viciosos de la noche, que dice Octavio Camilo, van a otro barrio más canalla. No es que el barrio del palacio sea muy virtuoso. Tiene rincones para todo. Pero es barrio de trabajadores y comerciantes al detall. Guarda las formas. Por eso, al pico de las dos de la mañana, el tabernero gordo recoge las banquetas, espabila a los jugadores de garrafina, riega de

serrín mojado el piso, barre y echa el vientre. Octavio Camilo, cuando va —a noches alternas— se marcha antes de que comiencen los preparativos.

—¿Te pasa algo, legionario? —pregunta el hombre gordo.

—Nada.

—Es que voy a cerrar.

—Espera, hombre. Más coñac.

Octavio sorbe licor como una esponja. Abre el compás de sus piernas y permanece inconmovible, aunque esté loco. Nadie le ha visto doblar la rodilla. El único signo de su estado es la taciturnidad. A más borracho, más silencio. Cuando vuelve al palacio evita encontrarse con la servidumbre. Algún que otro centinela u ordenanza de noche le saluda. El general no tiene ni idea de las escapadas nocturnas de su asistente.

—Ha sido un día pesado —dice el tabernero, insinuante.

—Terrible —dice Octavio, golpeando el mostrador con el puño cerrado.

—¡Hombre, no tanto!

—Yo sé lo que me digo —insiste Camilo.

—¿Hubo bronca ahí dentro? —quiere saber el hombre gordo.

—¡Idiota!

Camilo suelta de cuando en cuando un tanganazo de éstos y no hay que tomárselo en cuenta.

—Dame ron, ron negro —exige el bebedor.

El tabernero da la vuelta a la sala para ir detrás del

mostrador. Los jugadores de garrafina, viendo al asistente de su excelencia junto al mostrador, están tranquilos. Echan otra partida.

—¿Quieres comer algo? Tengo calamares muy buenos.

—Bueno, dame. Tienes que hacer pinchitos. ¡Ay, entonces! Hasta el coronel vendría.

—¡Vaya honor!

Octavio frunce el entrecejo, tratando de adivinar si hay ofensa en aquello. No consigue esclarecer la cosa y desiste.

—¿Has visto a la clavelera? —pregunta Octavio.

—No recuerdo. Si acaso, esta mañana.

—Quiero verla...

—¿Un recadito? —sonríe, cómplice, el tabernero.

La manaza de Octavio se le hunde en la papada. El hombre gordo, sorprendido, sin aire, gorgotea. Se caen varios vasos. Los jugadores levantan la cabeza, pero se hacen los locos. Octavio tira y medio vuelca al tabernero sobre el mostrador.

—¿Qué sabes tú, cabrón? ¡Dime, dime, cerdo!...

El tabernero está pasando del color púrpura al azulado. Por suerte para él, Octavio, por agarrarle mejor, le agarra de la carnaza del mentón. Duele más, pero puede respirar. Respira. Cada buchón vale cien pesetas. Los jugadores siguen distraídos. Octavio se agarra a los jirones de su ira. Los buchones de aire valen sólo cincuenta pesetas. Un sereno, desde la calle, queda mirando. Conoce a Octavio. Los jugadores siguen jugando.

Las inspiraciones valen diez pesetas. Octavio Camilo tiene tiempo para pensar en que ha derramado el ron. Se le escurren las manos. Los jugadores siguen poniendo fichas. El aire ya no vale nada. Es gratis para todos porque así lo quiso el buen Dios y los gobiernos no pusieron impuestos.

El tabernero hace presión con la barriga vacía, toma aire, se llena y se separa. Los jugadores siguen jugando, pero ahora hacen ruido.

—¡Estás loco, legionario! ¡Vete!

—Ven —dice Octavio—, ven cerca, muy cerca. Que no te haré nada, ven. Quiero hablarte.

Dudoso, el tabernero ve las manazas de Octavio crispadas sobre el mostrador.

—Sólo es una palabra, ven.

—¿Qué quieres?

Octavio, súbitamente, se queda frío e inmóvil. Y comienza a llorar. No es abundante su llanto, pero sí gordo. Le resbalan lagrimones como gotas de mercurio en la cara impasible, en la cara de cuero. El tabernero, del susto, se acerca.

—Vete a la cama, Octavio —dice.

Octavio niega moviendo la cabeza. El tabernero se acerca más.

—¿Qué quieres, hombre? —dice, olvidando el ataque.

—Más cerca. ¿Un recadito? ¿Qué te ha dicho la gitana?

Hablan muy bajo. Tan cerca que los alientos se confunden.

—No entiendo nada, legionario, de verdad. ¿Qué quieres, hombre? No he visto a la Encarna.

—Don Luis es muy bueno —dice Octavio.

—Seguro que sí, hombre. Anda, vete a dormir.

Octavio recuerda ahora lo que quiere e insiste.

—¿Quién da recaditos? Como amigo, ¿eh?, como amigo...

—Era una broma, hombre.

—Como amigo, como amigo. Porque yo soy tu amigo, Blas, inaarguendi, inaarchita...

—¡Ostras con este hombre! ¿Qué quieres, di?

Octavio se bambolea un poco. Ha dejado de llorar.

—¿Qué...? ¿Qué sabes tú del coronel? Como amigo, ¿eh?, como amigos.

—No sé nada. Lo que todo el mundo. Que vive ahí al lado y es tu amo.

—Es mi coronel —aclara Octavio, digno.

—Está bien.

—Bueno, hombre. Como amigo, ¿eh?, como amigo...

—¡Dios! ¿Qué te pasa esta noche? Ha sido un día como todos y mañana será igual...

—No; no ha sido igual.

—Como quieras, hombre. Vete a dormir.

—Ahora mismo, cuando me digas... como amigo, ¿eh?, como amigo.

—¿Qué quieres que te diga? —Que huelo que el gobernador tiene algún trapicheo? Pero, hombre, si eso no tiene importancia. A lo mejor me lo has dicho tú.

—No.

Octavio tiene razón. No ha dicho nada. Pero no tiene razón. Sin decir nada, ha dejado decir. Han sonreído ante las bromas. Otros días. ¿Por qué lo que no tuvo importancia la tiene ahora? ¿Qué ha sucedido, oh Dios? Octavio, aunque no sabe lo que es el miedo, sabe lo que es el pánico, algo muy diferente. Es un ataque de pánico. Dura ya varias horas, desde que el general le echó de la sala.

Ahora, le está pasando el pánico; pero le viene el remordimiento. No sabe de qué, todavía; mañana lo sabrá.

—No tiene importancia, hombre; no tiene importancia —el tabernero le ve de retirada y machaca.

—Dame más ron.

—Hazme caso, vete a la cama.

—Sí, ahora. Oye, no digas nada; por tu madre, inaarinmen.

—Vete tranquilo, hombre. No soy ningún cotilla.

—Bueno. Adiós.

El tabernero espabila a los jugadores.

—Marranos, a la calle; venga, que quiero cerrar.

—Oye, ¿qué le pasaba a ése?

—Nada.

—¡Pues si llega a pasar! Espera, quedamos ya nosotros dos. Vete echando el serrín.

El tabernero se acerca a la puerta. Octavio Camilo está plantado en la mitad de la plaza. Vuelve. ¿Qué quiere ahora? ¡Dios! Camilo tira un duro al suelo.

—Flux —dice—. Es tu flux; toma, jamido.

—Vete a la cama, hombre.

—¡Chist! A callar...

El legionario tiene la obsesión taladrándole la cabeza. Sale andando, demasiado tieso para que le salga natural el paso. Cruza ante el palacio. El centinela le saluda. No se detiene. Camina. Más. Un poco más lejos. Esta calle iluminada... Esta otra, a medio gas... Este barrio, que parece un aduar. Y allí está el paseo. La calle oscura, también, pero limpia... El olor a curtidos ¡puaff!... El paso firme, demasiado firme, se torna suave. Silencio. Soledad. Oscuridad.

Octavio suspira. Da la vuelta. Ahora, detrás de su sombra. Retorna. La alta noche es hermosa. La riada del pánico va menguando. A medida que mengua, Octavio comprende menos. ¿Qué sucede?

9 El sol, en los cristales, tiene color calabaza por la mañana temprano. Tiene color mayonesa al mediodía y color de miel al atardecer. Luego, el sol se oculta y para saber su color hay que ir al Parque, o al paseo, siempre lleno de niños.

—¡Ay, Adela, que me he dormido! —dice Lola.

—Sí, mi niña. ¿Qué te ha pasado?

La criada, vieja a fuerza de discreta, espera a Lola.

Lola se levanta tarde. Lola se pasa doce horas durmiendo y luego dice que está cansada.

—¡Ay, no sé! Tuve pesadilla.

—Ya lo sé, un toro que venía detrás.

—¡Ay, no! ¡Ay, Adela!

—No ayees tanto y tápate el ombligo. ¡Qué rico es el ombligo de mi niña! Me lo comería a besos.

Los arrumacos y confianzas de Adela le hacen gracia algunas veces a Lola y otras no. Adela se empeña en tratarla como una niña. La trata como una niña. La trata como un filón de oro que realmente es para ella. Lola no es una niña, Lola no es tonta. Lola, a veces, diría a Adela: toma la puerta y que no te vea más en mi vida. No lo hace porque Luis confía en ella.

Adela es sebosa, escurridiza, adulona y almibarada. Lola, de buena gana, plancharía, fregaría el piso, encendería el fogón y sacaría al basurero la esportilla de los residuos. ¡Dios, qué locura! Adela, como una fiera, impide tales arrebatos. Lola es una cordera; Lola cose y borda. Lola, cuando viene Luis, le enseña sus labores. Las odia tanto que confunde los colores.

—Soñé algo y no recuerdo. Y luego, alguien pasó por la calle pisando muy fuerte —dice Lola.

—Tengo una amiga que sabe mucho de sueños. Si lo recuerdas, me lo dices y voy a preguntárselo.

—Si no tiene importancia, mujer.

—No toques la plancha.

Lola tiene veintidós años y un metro sesenta de estatura. Tiene una melena negra. Ojos castaños. Piel dorada. Manos pequeñas y regordetas, con huellas de antiguos callos. Luis acostumbra a ponerlas en cuenco y llenarlas de besos. Eso dice él. Realmente, los besos no llenan nada.

—¿Qué tal día hace?

—Superior. Es fiesta, ¿no lo sabías?

—Sí, pero no recordaba.

—¿Quieres desayunarte? No te metas en la cocina, ¿oyes?

Dolores. Adela. Casa de mujeres solas. Vecinos discretos. Un canario arma mucho ruido, en su jaula de cristal, bañándose.

—¿Iremos a misa? —dice Lola.

—Desde luego, niña —dice Adela—; eso, sin olvidar.

Lola ahueca un almohadón y se sienta encima, en el suelo.

—Trato de recordar el sueño.

—¡Ay, hija! Las cosas desagradables se dejan quietas —dice Adela.

—Como una nube y llovía —dice Lola, sin hacer caso.

Adela está terminando de arreglar la sala y desaloja a Lola de su asiento en el suelo.

—Anda, que si te viera así quien yo sé —insinúa, celestinesca.

Lola se enfada.

—Hija; pareces tú la querida.

—Niña, no digas palabras feas.

Lola, por impulso que no puede explicar, se coloca al borde del llanto.

—¡Qué pecado, virgen santa, qué pecado...! Yo no quiero ir a misa, Adela. Es hipocresía.

—No, si cuando te da tonta... —comenta Adela, levantando un montón de ropa y marchándose.

Lola, la sigue a la cocina.

—No me dejes sola, Adela. Estoy sola demasiado tiempo. A veces, me pongo a pensar y me vuelvo loca.

—Lo que son las cosas —dice la sirvienta—; en eso tienes razón. Tienes un poco de hombre nada más, en vez de tenerlo entero. Pero, ¡qué hombre más estupendo!

Adela, adulona, trata de ver de dónde sopla el viento. Hasta ahora ha dominado todas las rebeldías de la muchacha.

—Estoy sola; nadie me quiere —gime Dolores.

—¿Y el canario y yo? —bromea Adela.

—¡Vaya un par!

—Gracias, niña. Y ahora que has despachado el lloriqueo de la mañana, ¿qué quieres para desayunarte?

—No quiero comer nada. Quiero morirme.

—Muy bien. En el «cheslón» de la sala te morirás mejor. ¿Quieres nata o no quieres nata?

—Bueno, un poco.

Lola se despoja del transparente camisón y finge unos pasos de baile. Adela la contempla con ojo crítico. Adela, en realidad, no sabe mucho. A pesar de su habilidad, no logra que Dolores se confíe en materia tan delicada. Para ella, lo que vale es lo que está a la vista. Lola puede desengañarla, pero no lo hace. Adela piensa que esta potranca tiene todavía para unos años, y eso que tiene no sé qué...

—¿Sabes lo que voy a hacer? —dice Lola.

—Algo raro.

—Voy a vestirme e ir a casa de mi tía. Hace lo menos dos meses que no voy por allí.

—Ni falta que te hace —contesta, abrupta, Adela.

—¡Ni que te hubiera hecho algo! —dice Lola.

—No me ha hecho nada; pero a don Luis no le gusta. Está muy cerca y ya sabes.

Lola se exalta. Verdaderamente, tiene un día difícil.

—¿Sé, qué? ¿Vamos, qué sé yo? ¿Es que soy una esclava? ¡He dicho que voy y voy!

—Eso. Tú juégate el porvenir.

—Adela, hermosa, ¡déjame ir, guapa! ¡Si no tiene importancia...! Voy y vengo en un salto.

—Deja, niña, que llaman a la puerta.

Lola, un poco asustada, amaina.

Adela se marcha y Lola se desmorona. Se da cuenta que está desnuda y sale corriendo al lavabo. Se encierra. Salta el agua. Corre el agua.

—¡Adela, Adela! ¡Corre, trae una toalla!

—¡Toma, mi niña!

—¿Quién llamaba?

—La gitana esa de los claveles. Te trae una cesta.

—¡Ay, déjame verlos!

—Espera, niña, que te estoy secando.

Lola, vestida, es una burguesa de la calle del Comercio. El vestido es hermoso. Lola está contenta con él. Se lo hizo una modista amiga, siguiendo sus instrucciones. Lola tiene buen gusto.

—No caben todos —dice Adela—. ¿Los pongo en la sopera?

—Son majos —dice Lola, apartando tres rojos y tres blancos.

—Los debe robar —dice Adela.

—Mujer, qué mal pensada...

—Anda, desayúnate.

Dolores vuelve a leer la nota: «Mañana». Mientras come las fresas, dice:

—Mañana.

Adela, en suspenso, trata de decir algo. No le sale. Lola presiente que la tiene domada.

—Iré a casa de mi tía. Ya ves, hoy...

—No; hazme caso.

—Volveré en seguida, te lo prometo.

Adela se reconcome. Don Luis no es claro en las instrucciones: que la cuide, por un lado; que no la contradiga, por otro. ¿Qué hacer?

—No me gusta. Tu tía es una...

—Adela, tú estás celosa. ¡Pero si te quiero a ti más que a ella! Anda, sé buena.

—No me gusta. Llévate la sombrilla.

Al salir, Lola besuquea.

—No digas nada, ¿eh? ¿Me lo prometes?

—Ven pronto. No me tengas en vilo. ¿Me lo prometes?

—Claro, reina. ¡Huy, cuánto te quiero!

10

Mandarino se mira las uñas de la mano mientras habla. Están sucias y largas. Dice:

—Es una posibilidad. Ni sé si para ir o para venir. Pero cuando el tipo aquel me dijo que el asistente pasaba por allí, o que iba a beber, que no lo entendí claro, pues me dije: nada pierdo con estar a la que caiga. Por cierto, Quirino, tienes que darme dinero.

—Luego.

—Daca en seguidita, que a lo mejor te olvidas.

Luisa entra, con café. Mandarino mira a Piccardo. Piccardo le dice, con un gesto, que se aguante. La mujer vuelca el café en dos potes y se lo ofrece a los hombres. Mandarino da las gracias.

—Chico, me estoy estropeando el estómago —dice.

—¿Y eso? —pregunta Piccardo.

—No se puede empezar a beber a las tres de la tarde y terminar a las dos de la mañana.

—Bebe agua mineral.

Piccardo agarra a Luisa por los hombros, la besa en la punta de la nariz, la entrega su mantón y la dice:

—Vete a misa, guapa.

Luisa ríe un poco cuando Mandarino tararea el Himno de Riego, pero se marcha sin decir nada.

—Pues si la chica tiene que irse cada vez que venimos...

—¿Qué quieres...?

—Va a tener tiempo para ponerte los cuernos.

Piccardo, de mala uva, dice:

—En primer lugar, no tenéis que venir por aquí más que en caso de absoluta necesidad...

—Y en segundo —quiere saber Mandarino.

—Nada. Es cosa mía. Acaba el café.

Piccardo se asoma a la ventana. Está harto de saber que es de patio interior y no se ve nada. Pero se asoma.

—El tipo es de lo más curioso. Desde luego, no se despinta. Tiene las patillas hasta aquí y un letrero entre los cuernos que dice: segunda Bandera, quinta compañía. Ni sacado de un cuadro. Cincuentón lo menos, no creas... Pues me agarra al tasquero y por poco lo mata. ¿Me explico o no me explico? Pero, bueno, Quirino, ¿atiendes o no atiendes?

Piccardo no contesta y Julio necesita ir y sacudirle por los hombros.

—¿Qué te pasa, hombre? Te estoy dando el parte —se burla.

—Yo estuve en el Tercio. ¿No lo sabías?

Mandarino se encoge de hombros. Dice:

—Muchos de los nuestros han estado. Mejor que el garrote, morir por la patria. ¡Qué bestia es la vida! Vamos, atiende, que yo no entiendo bien y a lo mejor me pierdo.

Piccardo, en condiciones, asiente vigorosamente.

—Si te escucho, hombre.

Mandarino se tumba en la cama y cuando quiere hablar, llaman a la puerta. Quirino abre.

—Hola.

Es Ángel Turro. Piccardo, enfadado, va a decir algo, pero se calla. Turro tiene una cara afilada como un cuchillo. Quirino sabe que cuando Ángel Turro tiene esa cara lo mejor es callar.

—Toma café, anda.

El baturro toma el pote, lo bebe, sacude un manotazo a Mandarino y se tumba a su lado. Quirino, indirectamente, dice lo que quería decir:

—Sólo me falta el Santo...

Casi esperan una llamada más; pero nadie lo hace. Mandarino ríe un poco nervioso. Se incorpora, mira a Turro y dice:

—Bueno, yo sigo: el asistente es un legionario, no hay duda. ¡Cómo bebe el tío! El tabernero le debió gastar una broma y él, ¡zás!, le agarra por el cuello y lo deja azul. Le veía saludando a San Pedro. Pero, va y lo suelta. El otro se disculpa, hablan algo... Y el tipo que me sale a la calle, llorando, fíjate. Echa a andar como si tuviera una idea fija en la mollera. Camina, más; esta calle, la otra; más borracho que una cuba y más tieso que un palo... Bueno ¿y qué saqué de seguirle? Nada, porque no hizo nada. Cuando se cansó o algo por el estilo, se volvió a casita. Al palacio, quiero decir...

—¿De quién hablas? —pregunta Turro.

—Del criado personal de su excelencia.

—Bueno, sigue.

—No hay más —Mandarino suspira—. Sin embargo, el tipo aquel tenía algo que le dolía. Suspiraba como un fantasma y un par de veces le oí decir: ¡no!, como si no quisiera que le pusieran una inyección. Pero, ya digo, no hizo nada. Llegó a una calle, se volvió y nada. No habló con nadie ni llamó a nadie. Estoy baldado. Vaya diíta...

Turro, moviéndose despacio, dice:

—¿Qué calle?

—Fueron muchas.

—Dímelas.

Quirino, interesado, no quita ojo. Mandarino, impresionado por el aspecto de Turro, busca un papel en el bolsillo de su pantalón:

—Paseo Nacional, Ortigueros..., Fueros de Aragón, Cassidi, Alta de San Juan, Puerta Nueva, Santa Tecla, Tramontana, Cassidi otra vez, Fueros, Ortigueros, Paseo, Plaza y Palacio...

—¿La última? —dice Turro.

—No recuerdo... Volveré por allí y lo miraré.

—No.

Piccardo estima que ha dejado demasiado tiempo las riendas, y dice:

—Tú sabes algo, Ángel; suéltalo ya.

—Tengo frío. Dame más café.

—No hay.

Turro se queja. Se frota el vientre. Mandarino toma aprehensión y se distancia un poco.

—Yo seguí a una gitana —dice Turro.

—Nos falta un titiritero —dice Mandarino.

—Calla, hombre. Una gitana que vende claveles. ¡Lo explico todo o sólo lo que importa?

—Lo que quieras.

—Estuve en la plaza —dice Turro.

—¿Qué plaza? —le pregunta Piccardo.

—La del Palacio, leche ¿es que estamos jugando al gua?

—Bueno, no te enfades.

—Recuérdame que te firme la minuta. ¿Qué plaza...? —refunfuña Turro—. Hay muchos tipos por allí. Uno, dos, tres... Muchos, vamos. Y la gitana que vende claveles. Una gitana que habla de don Luis por aquí y don Luis por allá... ¿Y si tomara coñac?

—No lo hagas, Ángel. Espera un poco y Julio te traerá café.

—¡Yoo! Vete tú. Gente pobre no necesita criados.

—¿Es que uno ha de hacerlo todo en esta casa?

—¿Qué haces, vamos, qué haces tú?

Turro, aburrido, se queja.

—¡Venga ya...! ¿Queréis saber lo de la gitana o no?

—Es que es de asco, vamos —clama Mandarino—. ¿Quieres que te vacíe el orinal?

—Bebe coñac, Ángel. Y cuando se te rompan las tuberías, acuérdate de Julio —dice Piccardo.

—Eso, que se acuerde —asiente Julio, calmándose.

Turro bebe, poniendo mala cara. Se limpia con un pico de sábana y se vuelve a tumbar de espaldas.

—Los fulanos de la plaza gastaban bromas, algo así como si su excelencia tirara de veta de vez en cuando. La gitana, con tanto don Luis, don Luisito, don Luisón, y siempre al arrumaco del palacio, me dio la espina que se sacaba algunas propinillas...

—El bajo pueblo, tendiendo la mano, ¡ah! —dice Julio.

—Ponle un bozal a ése, Quirino, que ya está bien.

—Julio, querido; por favor, calla, mierdín —ordena Piccardo.

—Conque me fui detrás de la gitana al atardecer. Se fue a su casa, una cueva en el monte. La dejé allí y me vine a dormir. Sé algo de gitanos. Una vez... Bueno, no interesa. Esta mañana me hice los cálculos: es fiesta y los que compran flores no madrugan. Puede ser que vaya o que no vaya. Si hace frío me quedo en casa. Si hace calor, voy.

—Hace calor.

—La agarré por los pelos. Quiero decir que la encontré por casualidad y de refilón. Llevaba una cesta llena. Claveles. Rojos y blancos. Vendió algunos, como si se robara a sí misma, a algunos caballeros de levitín. Pero la cesta, enterita, la dejó en una casa.

Ángel Turro, como si estuviera cansado, cierra la boca y cierra los ojos. Quirino y Julio se miran diciéndose, ¿y qué?

—Oye, Julio —dice, al cabo de un rato, Turro—, ¿qué santa era ésa?

—¿Santa Teresa? —dice Mandarino, que no entiende.

—La Santa de la calle, hombre.

—Ángel, maño, ¿te encuentras mal? No debiste tomar el buchito de coñac.

—La calle, leche, que tiene nombre de una santa, que dijiste antes.

Mandarino cae.

—¡Ah, sí, hombre! Déjame que me acuerde —musita el rosario callejero y dice triunfal—. ¡Santa Tecla!

—Pues en esa calle, en el número veintitrés, dejó la gitana los claveles de su cesta. Rojos y blancos.

Quirino y Julio, mientras Ángel descansa, rumian la nueva información.

—No creo que tenga mucha importancia —aventura Piccardo.

—Ni fu ni fa —acompaña Julio.

—Yo, a cumplir —gruñe Turro.

—Por qué, vamos a ver —dice Piccardo—, un legionario mamado se larga de paseata para refrescar. Una gitana se deja los claveles en una casa. ¿Y qué? Yo os mandé vigilar al general, no a borrachos ni faraonas.

—Es una casualidad muy casual —se defiende Mandarino.

—Es una gaita.

Julio y Ángel, unidos por la desgracia, protestan.

—Oye, responsable, que si tú lo haces mejor te vas allí.

—Ni mejor ni peor —dice Quirino— es que así no vamos a ninguna parte. La gitana puede llevar flores a muchos sitios, a muchos clientes. Y aunque el general tuviera un asunto, ¿qué nos importa? No le espiamos para escribir un panfleto sobre su vida relajada. ¿O es que sí?

Quirino, de mal humor, pasea por la habitación. Mandarino y Turro, tumbados en la cama, hacen que duermen.

—¿Se puede?

—Hombre, Largo, faltabas tú...

Mandarino se anticipa.

—Oye, en la cama no cabes ya, que somos dos.

Largo, inocente, pone cara de tonto. Sin hacer ruido, busca una silla y se sienta. Piccardo le increpa:

—Bueno, tú, ¿qué quieres? ¿Traes algo?

Largo Serena muestra vacías las palmas de ambas manos.

—Pues sí que estamos bien —barbota Piccardo.

Serena se defiende.

—Dijiste que fuera a la pensión. Y estar allí es como estar en la luna. No me entero de nada. Por ahora, vamos.

—Bueno, calla.

Piccardo gruñe a los dos que considera mayores de edad, los vagos ésos que están en la cama y se hacen los dormidos.

—¿Por qué no le pediste un clavel, Angelito mío? Lo podíamos haber puesto en un vaso.

Ángel calla.

—Y tú, mandarina de piel fina, ¿por qué no compraste una taberna para tu uso personal?

Julio calla.

—Gitanas, claveles, trapicheos y legionarios... A lo mejor el periódico es más... ¿cómo se dice, Largo?

—Explícito.

Piccardo lee la prensa. Largo se decide a preguntar.

—Bueno, ¿qué pasa?

Julio le explica en voz baja el busilis del asunto. Largo, reconcentrado, estudia la cosa.

—¿Dónde he visto yo claveles? —pregunta para sí, pero tan alto que se entera Turro.

—Rojos y blancos —apunta.

—Déjame pensar... Bueno, creo que en la pensión...

—No pueden ser los mismos —dice Turro, volviendo a su estatismo.

—Espera. Los llevaba, en el pecho, una chica que vino a visitar a su tía —Largo se ruboriza—. Su tía es la dueña.

—Pueden ser los mismos, pero no lo creo.

Quirino se enfada.

—¡Dejad en paz los claveles de una vez!

Largo, preocupado, le dice:

—Escucha, Quirino. Lo que dicen éstos no está nada mal.

—¿Conque no, eh?

—No. Vamos a suponer que el viejo tiene un apaño. ¿Por qué no? Es un hombre y tiene que sentirse solo.

—Bueno, ¿y qúé nos importa?

Largo le mira a los ojos y le dice:

—O no comprendes o no quieres comprender. Me lo explico, porque es sencillo. Tú tienes la jamba en casa. Tú no puedes o no quieres suponer que otros no se atrevan a tenerla y que necesiten salir a otro punto...

—Chúpate esa —dice Julio, tan profundamente interesado, que se levanta de la cama.

—¿Y qué mas? —gruñe Piccardo.

—Nada, excepto que el asunto nos interesa, por lo menos hasta ver qué tiene de verdad. Y el asunto es el siguiente. Su excelencia tiene un apaño. Su excelencia, como todos los hombres, tiene dos facetas: la oficial y la personal. La oficial le obliga a reprimir las reivindicaciones de la clase obrera, pongamos por caso; la particular le obliga a echar el palo de cuando en cuando. Su excelencia, para esas cuestiones, y es un suponer, no querrá que vaya un pregonero por delante...

—Y ésa —dice Julio, que se pone de pie y se acerca a Largo—. Yo hubiera dicho lo mismo. Lo que pasa es que soy muy tímido.

—Bueno, déjame terminar.

—Regodéate, hombre —ríe Julio—. Dile otra vez eso de que él, comodón, tiene a la querida en casa. Y que si fuera como nosotros, perros asesinos de la calle, sabría lo que es buscar un cachito de refugio.

—Calla, Julio —dice Turro.

Julio, exaltado, no oye.

—Y llegar, con el frío, a una casa. Y que una gachí le quite a uno la gabardina, le bese en los morros y se le ponga tierna. Y dejarse la importancia en el perchero, y jugar con el jardín de la amada. Y... —Julio casi solloza— ¡cuerno!

Quedan todos callados y sorprendidos. Dice Piccardo, después de un rato.

—Si quisieras eso de verdad, Julio, lo tendrías. Lo tienen los burgueses.

—También es verdad —dice Julio, conforme.

Largo, el más puro de todos, está como ausente. Dice, volviendo a lo suyo.

—No llevará pregoneros. Y si sale de visita, lo hará a escondidas, y de noche y...

—Calla, Largo, que me relamo —dice Turro.

—El huevo de Colón.

Quirino, todavía dice:

—Pero, ¡es tan débil el rastro!

—Déjate de cuentos.

Piccardo, medio convencido, pregunta todavía:

—Pero, vamos a ver, Largo, ¿tú qué dices? Porque hablas como si hasta conocieras esa mujer, como si el gobernador te hubiera pasado recado.

—No desanimes al chico.

Largo pasea la vista por la habitación. Piccardo, crudamente, dice:

—Luisa no está.

—Bueno, hombre.

Y Ángel Turro dice:

—Ya estoy más caliente.

Y Mandarino:

—¿Qué ibas a decir de esa chica de los claveles, Santo?

—Pues que bajaba yo para dar una vuelta y en el comedor encontré a las mujeres de la casa, la dueña, la cocinera, las criadas, que estaban festejando a una chica. Esa chica llevaba claveles rojos y blancos, eso es todo.

—¿Nada más? —dice, desencantado, Turro.

—Bueno, ahora que lo pienso, y tras lo que hemos hablado...

—Pues, por eso mismo no vale —dice Piccardo—; estás ya influido.

—Influido o no, déjale que hable.

—Lo que iba a decir es que era exagerada la forma con que trataban a la chica. Incluso con algo de respeto. La chica parloteaba, nerviosa: ay, dejadme que respire, Adela no me dejaba salir, y yo dije, pues, ea, voy, y estos claveles son hermosos, verdad... Y cosas así. La dueña me presentó, aquí mi sobrina Lola, ¿verdad que es maja? Y tonterías por el estilo. Le dije que tanto gusto y me vine. Todavía alcancé a oír algo así como si la quisieran hacer quedar a comer y ella se negase. Y las otras decían que la Adela se fastidiase y que se quedaba. Eso es todo.

—Bueno.

—Y Largo Serena se va de la escena —dice Mandarino. Largo queda pensativo y Piccardo le exige:

—¿Qué piensas, hombre?

—A veces, ¡qué tontos son los secretos! Parecen escondidos y...

—Ya lo sé. El primero que se molesta, los levanta. No hay secretos.

—Lo que no quieras que se sepa, no lo hagas —dice Turro—. Vale para nosotros.

—No fastidies con tu filosofía —gruñe Piccardo.

—¿Crees que no lo sabrán?

—Me conformo con que lo sepan después. Anda, Largo, vuelve a la pensión o lo que sea ese chamizo. Ve lo que hace la chica. No sé por qué hago caso de estas tonterías...

—Sigue la huella de los claveles —dice Turro.

—No. La de Santa... ¿Qué santa, Turro?

—Recuerda los pianos.

—Eso. Santa Tecla, veintitrés; impar, colorado y pasa. ¡Hagan juego, señores!

—No me gusta —rezonga Quirino—. No es serio.

—Serio o no, es lo único que tenemos. Lárgate, Largo.

—Sí, me voy —dice Serena, de mala gana.

—Yo también —dice Turro—. Voy al sol. Al de la plaza.

Salen juntos. En la escalera:

—¡Hola! Nos vamos ya.

—Sí, claro —dice Luisa—. ¡Adiós!

II

...Y en el sitio

1 Adela, desde que siente los pasos, suelta las lágrimas. Se levanta de la silla, colocada frente a la puerta. Está llorando de forma extraña, está deseando gritar y pegar.

Lola, al verla, se asusta. Apenas tiene tiempo de cerrar la puerta tras sí. Adela, lívida, quema como un horno abierto la alegría que trae.

La bofetada resuena ampliamente. Lola, que la recibe, lo sabe mejor que nadie. Desde el suelo, la muchacha lloriquea.

—¡Adela..., Adela!

—¡Me prometiste! ¡Me prometiste!

La sirvienta no lo es. Es una furia que está llorando, que se consume.

—Adela, chacha...

—¡Me prometiste! ¡Mala, más que mala...!

—Es de día, Adela. Aún es de día.

—¿Es que pensabas venir de noche?

Lola, sufre un cambio. Se levanta del suelo. Dice:

—Ya está bien.

Adela no quiere comprender el cambio. Sigue lívida, ojerosa,

—Me prometiste... ¡Nunca, nunca más...!

—¡Haré lo que me dé la gana!

Los muchos años de servidumbre de Adela le traicionan.

—Niña Lola, ¿qué dices?

—Lo que oyes. Diré a Luis que te despida.

Adela disminuye el compás de su ira. Varias horas de aguardar, acumulando rencor, se desvanecen segundo a segundo.

—Loca, loca —dice—; lo hago por tu bien.

Lola recoge algunas horquillas del pelo que andan por el suelo.

—No soy ninguna esclava.

—Si se enterase don Luis...

—¿De qué, vamos a ver? He comido en casa de mi tía.

—Fíjate qué horas, qué horas...

Lola, ganada ya la partida, se muestra condescendiente.

—Adela, rica, ¿por qué estás así?

Adela, suelta el chorro de lágrimas.

—No puedes figurarte, no, niña, lo que significa estar horas y horas esperando que suenen tus pasos, esperando tus palabras. Me he vuelto tonta escuchando todo lo que pasaba en la escalera.

—¿Por qué?

—¡Ay, hija! Déjame expansionarme. ¿Y si le ha pasado algo, señor? Me dijo que volvería a comer... Y la comida en la mesa... Allí está, ¿la quieres ver?, toda fría, toda triste.

—¡Pobre Adela!

—Sí, pobre, muy pobre... A veces, pensaba ir a buscar un cuchillo y metérmelo en el cuello. Y a veces, besarte cuando vinieras... No he comido, ¿sabes? Te esperaba.

—Pobrecita...

—Sí, anda, ríete.

Adela, entre lágrimas, está riendo.

—No me río, Adela. Mi tía se puso muy pesada. ¡Estaba tan contenta de verme!

—Sí, niña; ya sé que no soy tía tuya. Soy una alcahueta, una dueña; pero don Luis me dijo, cuídamela. Y la ciudad, es tan, tan peligrosa para las niñas.

Lola se encamina al comedor. Sí, la comida está en la mesa, los platos tapados con otros platos, para conservar el calor. Sólo, que no hay calor ninguno. Lola, pensativa, va tocando los platos puestos al revés, de tapaderas. Ellos le dicen, mejor que Adela, la tristeza de la espera.

—Dispensa, Adela, no volverá a ocurrir —dice, grave.

Adela, aturdida, promete a su vez.

—Yo tampoco te pegaré más.

Lola, al reír, escandaliza como una cupletista. Tiene una risa fea, aunque ingenua.

—Sin embargo —dice Lola, seria otra vez, sentándose junto a la comida abandonada—, no entiendo bien lo que pasa.

—¿No entiendes qué, cariño?

—¿Por qué estoy tan escondida? ¿Por qué es tan triste la comida enfriada? ¿Por qué no puedo estar fuera unas horas?

—Es la vida, Lola.

—Aflójame el corsé, anda —dice Lola.

Adela maniobra con las cintas. Lola, sin tenerla ante los ojos, se siente mejor.

—¿La vida, dices? No lo creo. Debe haber algo más No soy la única entretenida de la ciudad.

—¿Por qué hablas así?

—Hablo lo que pienso las muchas horas que me aburro, Adela.

—¡Qué cosas de oír, Señor! —lamenta Adela—. No hables así, por favor. Anda, cuéntame lo que hiciste en casa de tu tía.

Lola, que sabe el odio que Adela guarda para la tía Montse, comprende los esfuerzos de la comadre para aliviar lo que está pensando, el aire quedo que está pasando.

—Me hizo sentar a la mesa y me trató de huésped principal para arriba.

—Tu misma tía te tenía antes poco menos que de criada sin sueldo —dice Adela, rencorosa—. Servías las mesas, vaciabas orinales, aguantabas pellizcos, regañinas y llanteras. ¿No te acuerdas?

Lola sonríe.

—No; de verdad que no, Adela. No me acuerdo ni esto.

—Yo, sí.

Lola se esfuerza en quitar pesadumbre al aire.

—Lo pasado, pasado.

—Ahora te adula. ¿Y si volvieras? ¿Qué haría contigo si volvieras?

—No volvería.

Adela, desconcertada, pregunta:

—¿Y qué harías?

Lola, a su vez, inquiere:

—¿Por qué preguntas eso? ¿Es que Luis...?

Adela comprende que ha ido demasiado lejos y retira lona de su inflado navío.

—Era un decir, niña. Don Luis está como nunca. ¿Y tú?

Lola, inquieta, se evade.

—No lo sé.

Adela, desbordada, levanta las tapaderas de los platos. Lola siente un repeluzno ante la comida fría.

—Tírala, corre.

—Se la daremos a un pobre —protesta Adela.

Adela retira los platos, las flores, los jarros, el cestillo del pan y el de la fruta.

—¿Y qué más? —insiste Adela.

—Lo he pasado bien, mujer. Aunque, no creas, me acordaba de ti.

—¿Quién tiene ahora en casa, la Montse?

—Los de siempre. Los que van al palacio a resolver asuntos, un pintor viejo y un estudiante joven. Muy gracioso.

—¿Quién?

—El estudiante. Quería venir conmigo.

Adela se escandaliza:

—¡Jesús, Jesús!...

—Tiene un tipo serio, pálido, como un estudiante de cura. Habla muy bien, pero si le miras a los ojos, ves que se están inquietos.

—¿Le has mirado a los ojos?

Lola, risueña, dice que sí con la cabeza.

—Me leyó el destino en la mano.

Adela, preocupada, mira fijamente a la muchacha. Le desconcierta, sin embargo, la inocencia de su gesto.

—Me voy —dice—, no quiero oír esas cosas...

Lola marcha detrás.

—No seas tonta, Adela. Te morirías de ganas antes de una hora.

—Yoo... Ya puedes esperar sentada.

—Espera, ¿llaman a la puerta?

—No. No es aquí.

Lola, en la cocina, mordisquea un trozo de pastel.

—¿Te lo cuento?

—Anda, revienta.

—Me sentaré en el suelo. Está fresco el suelo, Adela. Además, desde él no te puedes caer ya.

—¿Qué te dijo el adivino?

—Lo que tiene esperar sentada... Me dijo, ¡hum!, que era hermosa y feliz. ¿Soy feliz, Adela?

—Tú lo sabrás mejor que yo —dice Adela, sinceramente.

Lola trata de meditar, pero no puede. No tiene la medida.

—Sí, creo que sí... Bueno, me dijo que era feliz y que era muy guapa.

—Ya lo dijiste antes.

—Calla, mujer. Mírame tú la palma.

Adela, por complacerla, la mira y remira. Termina depositando un beso en ella.

—Eso no lo hizo él —ríe Lola.

—No faltaría más.

—No creas que es tonto. Nada de eso... Miraba la mano, me miraba a mí...

—¿No estaríais a solas, ¿verdad?

—Huy, no. Lo menos éramos veinte. La tía, la...

—No cuentes.

Lola se enfurruña.

—Si interrumpes tanto no voy a terminar nunca. El joven me miraba y decía: una gitana le ha llevado claveles, claveles rojos, claveles blancos. Ya ves, Adela.

—Ya veo.

Lola, ensoñadora, recuerda:

—Pero la gitana era una mandada. Ha sido el Amor el que le ha mandado las flores. Usted se lo merece, señorita. Sí, veo amor aquí, en el camino de Venus.

—¿Y tú, qué decías?

—Que sí, que bueno, ¿qué iba a decir? Un amor principal.

—¿Dijiste que sí, también?

—No; no dije nada. Después, se puso triste. Dijo que

el amor trae dolor. Que sería mucho mejor que no existiera amor.

—Y tú, ¿qué decías?

—Me eché a reír y él se enfadó. Hizo la buenaventura a la tía, y a una señorita cursi que estaba con su padre. Dijo luego que estaba cansado y que se iba a pasear. Menos mal, porque a lo mejor se hubiera empeñado en venir conmigo.

—¿Viniste sola?

—No. La tía vino conmigo hasta la esquina. Me hizo preguntas. ¡Estaba más fisgona...!

—Y tú la contestaste, ¿verdad?

—Ni la contesté ni nada, Adela. Ni palabra.

Adela piensa en todo. Conoce la pensión de la tía Montse, conoce el ambiente. Se puede hacer una idea de las horas transcurridas. No le hace feliz, pero la tranquiliza algo. Mueve la cabeza:

—Bobadas.

En la calle, la hora transparente del atardecer lleva los sonidos como el aire las campanadas. Juegan los niños.

—No lo volveré a hacer, Adela.

2

Las contraventanas, entableradas, gruñen ásperamente al ser violadas. La claridad del día, como un hachazo, raja las telarañas que se habían salvado anteriormente. Queda flotando un polvillo sucio y pegajoso. La portera, que padece elefantiasis y tiene las piernas como columnas romanas, dice:

—En los sotanillos, ya se sabe.

—Desde luego —confirma Piccardo.

A la portera, el sotanillo, le tiene sin cuidado. Lo ha visto dos o tres veces en los muchos años que lleva en la casa.

—Ésta, antes, era una calle muy principal —dice la mujer.

—Se le nota, claro que sí. Muchas casas tienen escudos en la fachada.

—¿Y los patios? ¿Ha visto usted los patios?

—Como éste. De museo...

Están esperando que la luz acabe la limpieza simbólica de la estancia.

—Ahora —dice ella— la gente principal va lejos. Es la moda, ¿sabe?

—Es natural. Ahí al lado, un curtidor huele como demonios.

—¿Sí...? —dice la fémina—. No lo había notado. Quirino aclara.

—Se comprende. La costumbre. Habrá nacido usted aquí...

—Tanto como nacer —la portera, entornando los ojos, rememora—... Pero sí que recuerdo cuando vivía la señora y su landó se guardaba en el patio. ¿Para qué me dijo usted que quería los bajos?

—No se lo dije, señora.

—Pues dígamelo, ande.

Quirino pasea la mirada en torno. Tiene ganas de abrazar a la vieja. Pero se las aguanta.

—Es que no sé si me conviene... Es pequeño.

—¡Ay, no! Tiene otras dos piezas. Una da al patio y la otra es ciega, pero son grandes como ésta.

—No acaba de gustarme mucho...

—¿Es para vivir?

Quirino medita.

—No creo. Algunas noches, por el trabajo, o para vigilar. Pero esto no es sano.

—Bueno, usted mismo.

—Quiero poner un taller de encuadernación.

—¿Qué es eso?

Quirino maniobra con las manos.

—Así. Poner tapas a los libros.

—A mí me gusta mucho leer. Tengo «Don Juan de Serrallonga», y el «Corpus de Sangre», y «El soldado desconocido»...

—¿Ah, sí...? Yo le dejaría algunos.

La portera, agradecida, sacude un par de manotazos a las arañas. Se mueven pausadamente. Quirino adivina las muchas horas que pasará inmóvil, con un folletín sobre el halda.

—Oiga ¿y huele?

—¿El qué?

—El poner tapas.

—No. Bueno, un poco, como huele el queso. ¿Nota usted el olor del queso?

—Ni el olor ni el sabor.

Ríen los dos. Quirino se aproxima a la ventana. Por la calle, queda al nivel del suelo o un poco más; desde el interior, hay que ponerse de puntillas. Unas gruesas rejas protegen la entrada de cuerpos superiores en tamaño a un ladrillo. Quirino estornuda violentamente.

—¡Jesús! —dice la mujer.

—Gracias.

Quirino prosigue la inspección. Hay restos de una instalación eléctrica.

—Hay que darse de alta —dice, preocupada, la mujer.

—Lo haría yo, no se preocupe —dice Piccardo.

—¡Ah, bueno! ¿Le gusta?

—¡Hombre! No es un palacio.

—Perdón, ¡es un palacio!

Quirino, desconcertado, mira a la vieja.

—Sí, claro —asiente—, el edificio entero es un palacio venido a menos. Usted disimule. Pero esto debía ser cuadra o cuarto de aperos. En fin, depende del precio...

—Tiene usted que ver al procurador. Si es para negocio, le cobrará más. Agua, en el patio la tiene...

Quirino vuelve a la ventana. De puntillas, el borde le llega a la barbilla. Distingue, aunque mal, la acera de enfrente. Los cristales, milagrosamente intactos, están muy sucios.

—Tendría tres operarios trabajando —murmura

para ser oído— y mi mujer vendría algunas veces a ayudarnos.

—¿Está casado?

Quirino compone un gesto beatífico.

—Ya ve usted... En fin, deme las señas del procurador.

La portera medita.

—Si me da usted la cédula podría ir mi chico... Lo hago para aliviarle.

—¿Tiene usted un hijo? —dice Piccardo, aburrido.

—Tengo dos. La chica ya me cose.

—¿El qué...?

—Está de broma. En un taller, señor.

Quirino está situando mentalmente la ingrata labor de la espera.

—Y el chico, ¿qué hace el chico?

—Recados. Bueno, ¿tiene usted bastante?

—¡Ay, señora, perdone! No me había dado cuenta de que usted debe padecer mucho de las piernas. Váyase, váyase... Cuando termine ya le diré lo que sea.

—¿Qué quiere usted terminar?

Piccardo, con aire travieso, guiña un ojo a la mujer.

—Hay que tomar medidas, calcular lo que va a costar el acondicionamiento... En fin, los negocios no pueden hacerse con prisa.

—¡Ay! Yo no le dejo solo.

—¿Cree usted que voy a robar? Si aquí no hay más que las paredes y las teralañas.

La portera medita.

—¿Y si me pone una bomba?

Quirino se asombra.

—¡No amuele usted, señora! ¡Pues sí que está uno para bombas!

—También es verdad.

—Eso de las bombas es una chaladura. Lo que debería hacer el Gobierno es tener mano dura, que la gente decente apenas podemos vivir. Y luego, venga a pagar impuestos.

La portera se asusta.

—¿Paga usted impuestos?

—Claro. Mi industria es una industria como otra cualquiera.

La mujeruca medita.

—Bueno, me voy para arriba. No tarde, ¿eh?

—Cinco minutos.

Piccardo está en el centro de la estancia. Sus ojos ya se han acostumbrado a la penumbra. Escucha, hacia un rincón, la carrera menuda de un roedor. Sonríe. Traerá queso. Le atrae la ventana, pero no se acerca.

—¡Hola! —dice un niño.

Piccardo esconde un salto de conejo.

—¿Quién eres tú?

—Leopoldo.

—¿Quién te ha mandado aquí?

—Mi madre.

Quirino se mete las manos en los bolsillos y medita: si la portera es tan fisgona estamos apañados, habrá que ir más lejos.

—Tu madre está mirando siempre, ¿verdad? ¿De noche también?

El chico levanta unos trapos viejos. Sale una nidada de curianas. El chico las pisotea. Después, se acuerda de contestar.

—Mi madre se emborracha.

—Niño, no hables así de tu madre.

Piccardo, harto de estar allí, se encamina a la puerta.

—No se enfade, oiga —dice el chico.

—No me enfado. Oye, ¿tú sabes ir al procurador?

—Sí. La vieja no puede ir. ¿No le ha visto las piernas?

Quirino, seguido del chico, sale al patio. La portería está en el primer descansillo de una escalera monumental, muy hermosa. El portalón tiene una zamuco de zapatero.

—¿Qué hace tu madre cuando se emborracha?

—Nos besuquea. Y llora. Y se duerme.

—Y la puerta, ¿qué?

El chico, comprendiendo, ríe.

—La puerta está allí, ¿no la ve, señor?

Piccardo no contesta.

—¿Es que se queda?

—A lo mejor.

El chico, después de pensarlo, dice:

—Usted debe ser tonto. Este barrio es una basura. Cuando sea mayor, me iré.

Piccardo, aburrido, piensa en lo idiota que es a veces la causa del proletariado.

—¡Portera! —grita.

La portera, en vez de venir de arriba, viene de al lado, de la calle. Huele a vino.

—¿Ya está...?

—Depende del procurador. Tenga quince duros de un mes adelantado.

—Pero...

—Si pide más, no lo quiero. Si pide menos, lo que sobre para usted.

—Madre, que al procurador voy yo, ¿eh?

—Ya lo veremos.

—Tenga mi cédula. Y dos duros para que limpien el local. Usted no, ¿eh? Que no puede.

La portera, que en una mano tiene el dinero y en otra la cédula, dice:

—Muy bien, señor Planas.

Oscurece. Los ruidos llegan como mojados en agua: chorrean. Vuelan vencejos y huelen tres mandarinos que están en macetas, en un rincón a la derecha.

—Mañana vendré con mi gente.

—Cuando usted quiera, señor Planas.

—Madre, que al procurador voy yo, ¿eh?

—Calla, remendao...

Quirino, desde la puerta, vuelve la espalda a la madre y al hijo. Enfrente, un poco a la derecha, los números impares llegan al veintitrés. Es una casa vieja; vieja pero remozada. Sin escudo, sin portalón cochero, sin tenderos en los bajos utilizando las caballerizas, sin nobleza pasada. Allí, la gente vive; no tiene pasado. No es artesana. Quirino, que sabe Historia, puede diferenciar lo que es hidalguía y lo que es burguesía. Se encoge de hombros.

Las paredes tienen color de piedra húmeda. La calle es estrecha y al sol hay que verlo levantando la cabeza, sobre los pisos altos. En la casa de enfrente, sobre los esgrafiados, el color es de miel vieja.

Juegan los chiquillos. Vuelan los vencejos. Huele la curtidoría. Dos adolescentes se dan el pico en una esquina.

3 Su excelencia abandona el lápiz rojo y se echa para atrás en el sillón. Desde hace días muestra ostensible frialdad ante su interlocutor. Escucha, asiente o tacha; pide algunas aclaraciones y poco más. El coronel Sualdea tampoco habla por hablar. Despacha los asuntos de trámite y deja sobre la mesa de jaspe el estadillo de los delitos comunes y el estadillo de los delitos sociales.

—Oiga, Sualdea —dice su excelencia.

El Jefe Superior aguarda, fatigado. Trata de recordar qué asunto quedó oscuro. El general se encoge de hombros.

—Déjelo correr —dice.

—Muy bien —puntúa, irónico, el coronel.

No se le escapa la ironía al general. Se levanta. Se

frota los ojos. Camina por la estancia. Viste de paisano y tiene las manos a la espalda.

—Escuche, coronel —dice—; tenemos una piedra en el zapato y eso me incomoda.

—¿A qué se refiere, excelencia?

—No me venga con reticencias. Salvo que sea usted un mal policía.

Don Atilano insinúa.

—No soy policía en absoluto. Soy, si acaso, un organizador. Y en cuanto a mi cargo, si me cree incompetente, le ofrezco mi dimisión inmediata.

El general tiene el sí en la punta de la lengua. Está a punto de soltarlo. Se contiene:

—¿Y decía usted que no tenía ninguna piedra en el zapato?

—Mi general, hábleme por derecho y a ver si lo entiendo.

El gobernador está arrepentido de haber empezado. Pero así las cosas, no quiere dejarlas.

—Su piedra y la mía, coronel, vienen de la misma calle. ¿Entiende ahora?

—Un poco.

El general suspira.

—Ayúdeme —pide.

—¿Qué quiere que le diga? —rehúsa el otro.

—Bien. Aquella puerilidad del atentado, ¿tiene usted alguna noticia más?

—No, mi general.

Su excelencia, en honor a la verdad, ni se alegra, aunque formulariamente diga:

—¿Eran falsas las noticias?

—No.

—¿Entonces?

Don Atilano Sualdea siente resbaladizo el terreno bajo sus zapatos.

—No tengo más noticias. Pero hay un grupo que está esperando alguna oportunidad. Estoy tratando de cribar entre los elementos que han desaparecido de la circulación y...

El general interrumpe:

—Eso quiere decir que no abandonó usted la tramoya.

El silencio del Jefe Superior de Policía es toda una confesión. Su excelencia se irrita por minutos.

—Bien entendido que no quiero inmiscuirme en sus deberes, deseo preguntarle una cosa. ¿Me vigila usted a mí?

—No —dice el coronel, moviendo despacio la cabeza.

El general inicia un vigoroso paseo por el despacho. De buena gana se quitaría los zapatos.

—Mire usted, don Atilano —dice—, usted sabe algo de mí que, en estos momentos, le convierte a usted en mi enemigo. No, no me interrumpa; no quiero frases banales. Hay algo a lo que tengo más miedo que a la muerte. Al ridículo. Lo que me contiene para no señalarle la puerta es la convicción de que usted es un hombre honrado y cumple o cree cumplir con su deber. ¿Decía usted algo?

—No.

—No me ayuda usted demasiado... ¿Cómo lo supo usted?

—La fuente de las confidencias no puede delatarse. Ni a usted siquiera.

—Me declaro vencido, Sualdea. Dejemos de arroparnos frases y hablemos como hombres. ¿Tiene usted posibilidades de identificar a esos tipos y detenerlos sin meterse en otros terrenos?

—Sí.

Perplejo, el general observa a su interlocutor.

—No comprendo una cosa —dice—. No tengo miedo, y le ruego me crea. Lo que me intriga es lo siguiente: ¿Qué beneficio encontrarán los extremistas atentando contra un gobernador civil? A gobernador muerto, gobernador puesto. Un gobernador ni siquiera es hombre de partido. Es un tipo corriente, excepto que sabe o puede ejercer el mando. ¿Qué objeto tiene quitar de en medio a una pieza de fácil repuesto?

Don Atilano Sualdea medita antes de contestar. Lo que menos esperaba era tal franqueza.

—La lógica revolucionaria no se puede comprender con nuestra lógica. Son dos mundos distintos. La lógica de la revolución está basada en causas perdidas, en comprometer a los tibios, en fabricar mártires, en provocar colapsos sociales. Usted es un símbolo de la Autoridad. Matarle es demostrar... muchas cosas.

El general, entre divertido y preocupado, observa al Jefe Superior de Policía.

—Continúe usted.

—Dejémoslo ya, ¿quiere, excelencia? No puedo opinar como usted en el presente caso. Como Jefe Superior, prevenir la muerte de cualquier ciudadano ya es para mí un cargo de conciencia. La de usted es ya una conveniencia social. Usted no es, ni puede ser, un hombre de la calle. Si a usted le sucediera algo mi carrera quedaría estropeada para siempre.

—¡Ah!

—Llámelo usted egoísmo, ande.

—No lo llamo nada, coronel. Escucho, simplemente.

Sualdea, pálido y harto, rompe.

—Usted sabe perfectamente lo que un atentado significaría en esta ciudad. Usted lo sabe como yo. Pero es usted un...

—Siga, por favor.

—Testarudo. Pasaría usted delante de un perro rabioso y diría: «Cien mil años de superioridad del hombre sobre el perro me prohíben que ceda el paso a este animal». E iría derecho al bulto.

—Poco más o menos.

—Creo..., creo, general, que he terminado. ¿Puedo retirarme?

—¿Eh? Sí, desde luego.

Sualdea retira su carta de la mesa e inicia la retirada. Su excelencia hace una seña para que se detenga.

—Espere, coronel. Cuando, el otro día, me soltó usted la calle y el número, ¿qué esperaba de mí?

El Jefe Superior, suavizado por la inquietud del viejo prohombre, musita.

—No sé. Quizá que me tomara en serio.

—Gracias. Lo mismo pensé. Hirió, sin embargo, unos sentimientos. ¿Lo comprende?

—Le ruego me perdone.

El general se acerca. Coloca sus manos en los hombros del Jefe Superior.

—Dejémoslo. Otra cosa, Sualdea. ¿Me desprecia usted?

—No, general. Seguramente me comportaría yo igual.

—Gracias. Ve, nos hemos quitado la piedra del zapato.

Sualdea reflexiona.

—No. Sigue estando donde estaba.

—Le entiendo perfectamente. Con todo, no quiero volverme atrás. Olvide usted esa calle y ese número. Se lo pido de hombre a hombre.

—No puedo, excelencia.

—Le dejo que me proteja. Emplee usted los medios que quiera para encontrar a esos hombres. Pero no ponga usted hombres detrás de mí. Lo ordeno, lo exijo. Hay cosas tan mías, tan privadas, que si se rompieran se rompería, no lo olvide, el mismo símbolo que dice usted soy.

Sualdea encuentra exagerado todo lo que dice el

general: ¡cuernos, tenga usted todas las gachís que quiera, pero no sea loco, que una cosa no tiene que ver con la otra!

—Renuncie, general.

Se arrepiente inmediatamente de haber hablado, precisamente por haber dicho lo más sencillo que podía haber dicho. Se arrepiente en seguida, cuando ve al general levantar los hombros.

—Hasta ahí podía usted llegar, amigo. Váyase y aténgase a lo ordenado.

El coronel Sualdea, en silencio, se inclina, empuja la puerta y abandona la estancia. Maturano le ve pasar. Le ve detenerse y volver sobre sus pasos.

—Maturano —dice el Jefe Superior—. Quisiera hablar con usted. Pero no aquí. Venga a mi despacho un día de éstos, cuanto antes mejor.

—¿Qué sucede? ¿Piensa dimitir?

—Algo parecido. ¿Vendrá?

—Haré un esfuerzo. El señor de ahí al lado no me deja mucho tiempo libre, como sabrá.

—Sobre el señor de ahí al lado quiero hablarle.

Maturano medita sobre la confidencia.

—No me gusta el asunto. ¿No puede prescindir usted de mí?

El Jefe Superior encoge sus hombros.

—Guste o no le guste, venga usted a verme cualquier mañana.

—Lo procuraré.

Antes de llegar a la puerta, el coronel Sualdea se vuelve y pregunta:

—Si usted fuera por una calle y se encontrara con un perro rabioso, ¿qué haría?

Maturano, disgustado, contesta:

—Considero improcedente esa pregunta, si se refiere usted al señor de ahí al lado.

Sualdea comprende rápido.

—No, en absoluto. Eran cosas diferentes. Pero, tiene usted razón. Soy poco hábil para separar las situaciones. Tiene usted mi palabra de honor de que, al contrario, el que puede encontrar un perro rabioso es el señor de ahí al lado.

—De todas formas —dice Maturano—, no puedo contestarle.

—Seguramente no ha visto usted nunca un perro rabioso —musita don Atilano—. Ni, quizás, a perro alguno.

4 Adela sortea la cabeza de un caballo, que harto de pienso enseña su dentadura a los que pasan cerca. El caballo, a su modo, la debe estar gozando. Tiene los dientes como fichas de dominó y, además, amarillos.

—Bestia —dice Adela.

—¿Es por mí? —pregunta Octavio Camilo.

—¡Ay, qué susto! —gorgotea la mujer.

—Déjame que te lleve la cesta.

Adela, después del susto, reacciona.

—No está bien que los militares llevéis cesta. Deja, la llevaré yo. Pesa poco.

—¿Matas de hambre a la chiquilla?

—No es chiquilla ni la mato de hambre. ¿Qué quieres, sargento?

Octavio sonríe. Guiña el ojo a la mujer, invitándola a seguirle. Adela, contenta en el fondo, comprende. Octavio se abre paso entre las mujerucas del mercado. Octavio se acuerda de los zocos, aunque el sol no le quema en la nuca, como entonces.

—Entra —dice Octavio.

Adela ve una taberna mitad posada. Comen allí los «camàlics» del mercado y beben todos los que tienen dinero. Incluso, a ciertas horas, se puede tomar café con leche y churros. En aquellas horas, por ejemplo. Adela, sin rechistar, obedece.

—¿Qué van a tomar? —pregunta el chico.

—Café con leche —dice Adela.

—Un carajillo; de ron —dice Octavio.

Huele a jabón y lejía. La mesa, de pino, está descolorida de tanto fregoteo. Adela protege el cesto de la compra con las piernas. Lo cubre con las faldas. Octavio Camilo mira la operación y se ríe.

—¿Quieres meterte tú? —dice Adela.

—Puede.

Adela va a contestar una barbaridad. Lo piensa mejor y bebe de su vaso. Pregunta, molesta por la intensidad de la mirada con que el hombre la obsequia.

—¿Qué haces aquí?

Octavio responde con una mueca insípida y pregunta a su vez:

—¿Qué hace Lola?

—Duerme. Siempre duerme a estas horas. Duerme como un animalito. Duerme como si trabajara.

—Yo diría que le tienes envidia —gruñe Camilo.

—Algunas veces. Por los años.

Las llantas de acero de un carro contra el empedrado de la calle rechinan tan fuerte que dan dentera. Adela se muerde el labio inferior. Octavio aprovecha para ponerle encima de la pierna una de sus manos. La mano es enorme y la punta de los dedos llegan al muslo interno, que oprimen.

—Quita.

—Disimula —dice él.

Adela se remueve, inquieta.

—Pero, bueno, ¿qué quieres tú hoy? ¿No te has dado cuenta hasta ahora que tengo algo entre las piernas?

Camilo, indiferente, retira su mano.

—Calla, saco de malicias.

Adela piensa que Camilo es, cerca de su excelencia, algo así como ella cerca de Lola. Se equivoca. Pero Octavio nunca se ha preocupado por los pensamientos de Adela, aunque le conste que a ella no le desagradaría una reproducción amorosa.

—¿Qué hace tu amo?

—No es mi amo; es mi coronel.

—De teniente para arriba, me confundo. Anda, hijo, dime qué haces por el mercado.

—Te buscaba —dice Camilo.

—¡Bendito Dios! ¿Te he cerrado alguna vez la puerta de la casa? —dice, extrañada, Adela.

Octavio ingiere su brebaje. Se inclina hacia la mujer.

—Escucha, Adela. Acércate más... Más, si puedes aguantar mi aliento. Dime, Adela. ¿Tú has cotorreado por ahí algo de don Luis?

Adela se pone blanca. Blanca hasta donde las arrugas de los años le permiten. Blanca de indignación, no de susto.

—Sargento, ¿lo piensas siquiera?

—No —murmura Octavio, después de mirarla.

—¿Qué ha pasado, dime? —exige Adela.

Camilo lía un cigarro, lo enciende y medita cómo empezar y por dónde empezar. Maldice, incluso, la idea que tuvo de venir en busca de Adela. El general no ha vuelto a mencionar el asunto. Pero él lo tiene entre ceja y ceja.

—Escucha —dice el hombre, repitiendo el juego de las cercanías—; el coronel me echó la bronca padre el otro día...

Se detiene. No quiere, no debe decir la amenaza de muerte. Adela, sin duda, se lo contaría a Lola, Lola a su excelencia. Y su excelencia, con otros modos, muy diferentes, a él.

—La policía lo sabe y se lo ha dicho a él. ¡Si le vieras como le vi yo...!

—¡Jesús! ¡Jesús!

—Calla, alcahueta. Estaba atormentado. Alguien, algún vecino, alguna amiga, ha ido con el cuento.

—Te juro, Octavio, que yo...

—Espera. A ti te conviene demasiado para que lo estropees. Y yo quiero a don Luis. Nosotros no hemos sido. Nosotros somos dos sucios que encubrimos una aventura; pero somos leales. Sin embargo. ¿Recuerdas algo?

Adela, .impresionada, no está para recordar nada. Mueve la cabeza.

—Me hizo llorar —recita Octavio—, ¡a mí! Ese hombre está chocho por Lola. Y lo siente por ella. No es por él, Adela, pues no tiene miedo...

Octavio, hombre de pocas complicaciones, casi no sabe cómo separar unas causas de otras. Teme que Adela no comprenda la urgencia de la situación fijándola sólo por el lado del pudor. Se equivoca. Adela tiene bastante con eso para sentirse sobresaltada.

—Lo saben en casa de su tía.

—Sí, claro...

—Allí la encontraste tú, recuerda, proveedor de harenes.

—Calla, zorra.

—En nuestra casa, quizá los vecinos sospechen algo. Es una mantenida, se dirán. Pero no saben nada, te lo juro...

Octavio cree a la mujer. La cree y está desconcertado. Investigar no es lo suyo. Y teme, además, las iras del general por ir levantando liebres.

—Es complicado —dice—, es complicado. Don Luis, por orgullo, no quiere...

—¿Qué...?

—Buscar otro acomodo, otro nido.

La última palabra que pronuncia hace brotar la idea. Adela también comprende.

—¿Has visto una luz? —dice Camilo.

—Oí un ruido —dice Adela.

—Piensa un poco.

Va creciendo el día. Los vasos, apurados, acusan el paso del tiempo. Octavio sacude la cabeza.

—Sería una solución. Mudarse. Pero sin que lo sepan ellos.

—Octavio, vida, ¿quieres mudar una casa sin que los dueños se enteren? ¿Y la mudanza? ¿Y la nueva casa?

—Eres muy lista. Más que yo. Medita, Adela, te lo ruego. Ese hombre me preocupa. Él no sabe nada, no quiere saber nada.

Adela hace un gesto de desconsuelo.

—No me dejes el lío, sargento. Soy una criada. No puedo decir a la niña: anda, vamos a otra casa, que ésta la tenemos muy vista. Además...

—¿Además, qué?

—Tú no has visto a don Luis. No es un rijoso. Es

como un niño viejo. Se queda descalzo. Cómodo, aunque no sea ésta la palabra. Encuentra algo, un calor. Le gusta la casa. Le gusta estar allí dos, tres horas y hablar como un maestro de escuela. Sólo que no es un maestro de escuela, sino un personaje que allí se quita la importancia. ¿No me comprendes?

—Te comprendo, bruja. ¿Te pide té moruno?

—Claro.

—¡Maldito chingao! No debiera hacerlo.

—Calla, no desbarres. Es tarde, Octavio. A lo mejor se ha despertado ya. Déjame marchar. ¿Dónde está él?

—Salió. A un pueblo. Una inundación o algo así.

—¿Entonces hoy...?

—¿Cómo quieres que lo sepa? ¡Dios, y qué aturdido estoy! ¿De veras no ves solución a lo de la casa?

Adela saca el capazo de la compra. Se prepara para levantarse.

—Si fuera absolutamente necesario —dice—, podríamos intentar algo. Lola se lo podría insinuar.

—Considéralo como necesario, Adela.

Se levantan los dos. La mujer observa las profundas ojeras del hombre.

—¿Me dices toda la verdad? —pregunta, sin obtener respuesta. Salen a la calle.

—Vigila, Adela —dice Octavio—. A ella también. Si ves algo raro, me lo dices. ¿Entiendes?

Sin responder, Adela vuelve la espalda y se aleja. El

asistente de su excelencia la mira alejarse y después vuelve a la taberna.

—Ron puro —dice.

—De la Martinica —le responden.

5 Mandarino, con gesto despreciativo, contempla los libros a medio armar, los cartones, la prensa y los potes de engrudo. Todo está por los suelos.

—¿Tenemos que trabajar? —pregunta.

Piccardo, a su lado, se ríe.

—¿Has leído los títulos?

—No. Ni pienso hacerlo. ¿Qué te propones, Quirino?

—No lo sé. No creo en nada de esto. Vosotros me habéis metido en la danza. Total, por unos claveles...

—¿Qué hace ahí esa mesa tan grande?

—Nos subiremos encima. Estaremos a oscuras.

Mandarino interrumpe.

—No me expliques nada. Espera que estemos todos. ¿De dónde has sacado el taller?

Piccardo, satisfecho, se burla.

—Tengo mis clásicos. ¿Te gusta?

El gesto de Mandarino es todo un poema.

—Tendremos que menear la cola, ¿verdad? —dice.

—Cualquiera sabe lo que habremos de hacer —filosofa Quirino.

Julio se acerca a la ventana. De puntillas, alcanza a ver la acera de enfrente.

—Oye —dice—, ésta es una postura muy incómoda. Como los desfiles.

Tarareando un tatachunda-tararí, desfila por la estancia, hasta derribar una pila de libracos. Se acuerda entonces de lo que iba diciendo e insiste:

—De puntillas no es lo mismo que llevar puntillas. Es más varonil, desde luego, pero más incómodo.

—No hagas el payaso —gruñe Piccardo—. De noche, arrimaremos la mesa grande, colocaremos encima las sillas y podremos estar sentados.

El gesto de duda que pone Julio asustaría a un elefante. Piccardo prefiere ignorarlo.

—¡Qué cosas se ve obligado a hacer uno! —resume Mandarino—. Recuerdo...

—No recuerdes nada, por favor —amonesta Quirino—. Hasta el anochecer, no recuerdes nada. Imagino, hermoso camarada, lo que vas a decir.

—Me conmueve, a veces, tu inteligencia, Quirino. Pero me preocupa una cosa. Los listos mueren jóvenes. Por cierto, ¿dónde está Turro? Si a ese hombre le metes aquí, nos va a hacer temblar de frío a todos.

Piccardo, cuando tiene un instante libre en su tarea de ordenar artísticamente los efectos, contesta.

—Ángel está en la plaza. Y otra cosa, mientras estemos aquí, ni tú te llamas Julio, ni yo Quirino, ni Largo, Largo, ni Ángel, Ángel, ¿entendido?

Mandarino no se sorprende.

—Desde luego, patrón. Yo puedo llamarte así: patrón. Puedes llamarme Rodolfo. Rodolfo es un nombre que me ha gustado siempre. Lo adoro.

—¿Qué estás diciendo? —pregunta, distraído, Quirino—. ¿Cómo es posible que un hombre raje tanto y tanto?

—Lo que a ti te pasa es que no tienes imaginación. ¿Recuerdas la historia de Rodolfo y María Vetsera? ¿No me encuentras cierto parecido a Rodolfo?

Asustado, Quirino se olvida de respirar.

—¡Dios bendito!

—¿Qué sucede, Quirino, que estás tan piadoso?

—Hola..., Santo. «Entrez, s'il vout plaît.»

Largo Serena, algo ausente, deambula y toma un libro en las manos. Lee:

—«Aplicación racional del método Ogino-Knaus».

Ríe, ante la sorpresa de Mandarino.

—¿Tú sabes lo que es esto, Quirino? —pregunta Largo.

—Claro.

Largo, en un arranque, tira el volumen con rabia. Mandarino, sorprendido, mira a los otros dos.

—Bueno, con paciencia —dice— algún día os puedo llegar a entender. ¿Qué pasa ahora?

—Nosotros empleamos otro método para impedir la concepción, ¿verdad? —dice Largo.

Quirino, repentinamente serio, ordena:

—Ni hablar de eso. Ni insinuarlo. Esto es un taller de encuadernación, ¿entendido?

No le responden; Mandarino porque no comprende, Largo Serena por estar irritado. Piccardo dice, después de cerciorarse que en la pequeña y corta escalera no se ve ninguna sombra:

—¿Qué haces aquí?

—Hubo unas inundaciones por allí arriba. El sujeto ha ido, como de costumbre, a llevar el estímulo de su presencia a los damnificados.

—Bien está —comenta Piccardo—. Ayudadme, guapos.

—Yo, no —dice Mandarino—. Me voy arriba, a charlar con la portera. Me gusta esa tipa. Tiene algo...

—Tiene elefantiasis. Ten cuidado.

—¿Se contagia?

—No seas bobo. Ten cuidado de lo que hablas.

Mandarino, con gesto prepotente, se despide.

—Tengo especial habilidad con las porteras, los niños y los taberneros. Algún día os contaré lo que me pasó con una portera, que era la mujer del tabernero. Y con un niño que era...

—Hijo de los dos.

—En eso hay sus dudas. «Chiao», Quirino, que dicen en Toscana.

Amenaza lluvia, pero hace un día agradable. Apoyado en el poyatón de la entrada, Mandarino observa el color de calabaza que, a ratos, ilumina la casa de enfrente.

—Oye, niño —pregunta Mandarino a un infante que le observa—, ¿qué tal meneas tú la cola?

—Regular —dice el hijo de la portera—; soy muy joven.

—Hombre..., ¿es que molesto? ¿Vives en esta casa?

El chico contesta con el gesto. Un gesto bastante despectivo.

—Me parece que va a llover —dice Mandarino, preocupado por la madurez callejera de su interlocutor.

—Bueno, ¿y qué?

—Oye, los chicos de esta calle parecéis muy espabilados.

—Además de pobres, ¿quiere usted que seamos tontos?

Mandarino se rasca el cogote.

—Hombre, hombre —comenta—, no diría yo tanto. Pero, vamos a ver, ¿qué tiene que ver una cosa con la otra?

—A mí me gustaría ser pistolero —dice el chico.

Mandarino le mira con simpatía.

—Va en gustos. Desde luego, yo no puedo aconsejarte, porque no te toco nada, pero, vamos, el asunto no está fácil. Hay mucha competencia.

El hijo de la portera se acerca.

—¿Usted sabe algo de eso? —pregunta, con ansiedad.

—¡Yooo! No, hermano; yo de lo que entiendo es de tabernas. Estoy ahorrando para comprar una.

Pasa una mujer vestida de negro. Lleva en la mano un capazo. Viene de la compra, sin duda. Pasa sin saludar y se mete en la casa de los esgrafiados. La misma que con el sol de mediodía toma color de miel.

Mandarino, indiferente, recorre la línea de su cuerpo, desde los tobillos a la nuca.

—Es una marmota —dice el chico, que observa la mirada de Julio.

—¿Ah, sí...?

—Muy tonta. Debe ser porque la otra fulana tiene un piso.

—¿Fumas?

—Sí; pero ahora no.

Julio le entrega un cigarrillo. El chico se lo guarda.

—Me llamo Leopoldo.

—Tanto gusto —dice Mandarino—. Yo, Rodolfo.

—¿Valentino?

—No, eso no.

—Claro...

Tintinean unos cristales hacia arriba. Leopoldo levanta los ojos. Sacude con el codo a Mandarino, que se asusta.

—Mire, mire... —dice Leopoldo, nervioso.

Rodolfo Mandarino se hace el tonto.

—¡Es la chica! La que tiene el piso puesto.

—Bueno, hombre, no empujes —musita Mandarino.

Con gesto suave, imperceptiblemente, levanta los ojos lo suficiente para ver a una joven asomada parcialmente al pequeño balcón. La joven tiene una bata hasta los pies. Está mirando al cielo. Del bulto, apenas destaca el perfil de los senos y la negra cabellera.

—Está secuestrada —dice Leopoldo—; no sale a la calle.

—Hombre, tanto como eso... Pediría socorro, creo yo.

—¡Es verdad!

La joven del balcón es llamada por alguien. Se retira. Cae una persiana.

—¿Qué es mejor? —pregunta Leopoldo, pasando a otro tema—. ¿Un revólver o una pistola?

—Yo no lo sé —dice Rodolfo-Mandarino—, pero se lo preguntaré a un amigo que tengo, sargento del Tercio.

Deslumbrado, Leopoldo apenas alcanza a sonreír.

—¿Tiene usted un amigo en el Tercio?

—Claro. Tiene unas patillas hasta aquí.

Del fondo del patio, llega una voz: «...pol...do...»

—Es la vieja —dice el chico.

Se marcha. Mandarino vuelve al redil. Se ve poco. Hablan Quirino y Largo, pero sin el complemento visual las palabras le resultan inconexas.

—Me parece que la he visto —dice, tanteando, para cortar la sensación molesta que le oprime.

—¿Qué dices? —apremia la voz de Piccardo.

—La chica de los claveles. La que tiene un piso. La que tiene criada.

Mandarino tantea y se acerca. Ve mejor. Se encuentra mejor. Ve la cara de Quirino, que está mirando en su dirección.

—Algo no encaja aquí —dice Piccardo.

—¿El que sea demasiado fácil? —pregunta Largo.

Mandarino se encuentra ya dentro del aura normal. Dice:

—¿Qué significado tiene el que la gente del pueblo diga: «le han puesto piso»?

—El que te figuras. Y déjame pensar, ¿quieres?

Piccardo, malhumorado, pasea. Se detiene y señala a Largo Serena con el dedo.

—Tú.

Serena espera la aclaración.

—La mujer te conoce. No puede verte por aquí. No vengas.

—No quiero estar apartado. No es justo que a estas alturas deba quedarme al margen.

—¿De qué alturas hablas? —dice Mandarino—. Estamos en un sotanillo.

Al otro lado de los cristales, en un segundo contado, pasan unas piernas de hombre.

6

Lola, envuelta en su bata, mordisquea un trozo de remolacha dulce. Adela trastea en el fregadero. Limpia unos besugos. Huele el pescado.

—Tienes una raya en la frente —dice Lola—. ¿Qué te pasa?

—Nada. No me pasa nada.

—¿Qué tal día hace?

Adela maneja las tijeras y se vuelve para ver mejor a Lola.

—Regular.

Lola arroja al suelo una corteza. Adela, mecánicamente, la recoge.

—¿Quieres que te ayude?

—Arregla tu cuarto, anda.

Lola se despereza.

—Hacer las camas es lo que más me cuesta. Déjame guisar.

—Mira, huele estas manos —dice Adela, colocando las suyas ante las narices de Lola.

—¿Qué pasa con ese olor? A mí me gusta —razona Lola.

—A don Luis, no, seguro. El pescado, en el mar.

Lola se levanta y se acerca a la criada.

—Me gustaría saber una cosa, Adela. ¿Cómo sabes tú tanto lo que gusta o no gusta a los hombres?

Adela está casi bella mientras sonríe, ensimismada.

—He pasado toda mi vida pensando en ellos —murmura.

—Son malos, ¿verdad? Sólo parecen pensar en una cosa.

Adela vuelve a su tarea.

—Ya sabes que yo hablo mejor cuando estamos con la costura. Déjame ahora.

Pero es ella la que, sin acicate, vuelve a la carga.

—Los hombres son lo peor del mundo. Unos canallitas; se llevan todo y dan muy poco; no quieren problemas; no quieren que les pidas nada. Son mandones, sucios y brutos...

—¿Qué más?

—Pienso todo lo malo, cordera. Pero, ¡ay!, cuando te aprietan en los brazos, cuando el bigote nos escuece, ¡malditos!, nos pueden. Una vez, Lola, me enamoré... Pero, ¡vamos!, vete a hacer la cama, gandula.

—Déjame cortar el pescado y hazla tú —propone Lola.

—Acabé ya, ¿no lo ves?

—Déjame oler otra vez las manos.

—Quita.

Adela, sin hacer caso, se lava y seca. Las arrugas de su frente no se borran, aunque se pasa la mano por encima.

—Esta casa —dice— parece que no, pero nunca está limpia. ¿Sabes lo que me gustaría?

—Ya lo sé. Teléfono —dice Lola.

—No. Me gustaría ir a otro barrio. Una casa más moderna, con terraza.

La propuesta le sale forzada. Hasta Lola percibe algo en aquella voz.

—Siempre te ha gustado más a ti que a mí —dice Lola.

Lo bueno que tienen las mujeres hablando es que no necesitan hacerlo lógicamente. Y dice Adela:

—Sí; pero ahora no me gusta.

—Bueno —dice, indiferente, Lola.

Adela espera oposición. Es más fácil discutir que convencer al indiferente. Adela no es muy inteligente. De serlo, aceptaría lo que hay. No siéndolo, se desconcierta.

—¡Maldito tipo! —gruñe.

—¿De quién hablas? —inquiere Lola.

—De un bicho con pantalones.

—Ah, los hombres...

Adela, de mal humor, se destempla.

—¿Quieres hacer tu cama o no la quieres hacer?

Lola, sin contestar, se ondula. Baten el aire sus brazos desnudos; se arquea su cintura brevísima; se mueven los suaves músculos de la espalda; huele, ligeramente, su axila...

—¡Hummm! —dice, al final del desperezo.

Adela dice:

—Dios te bendiga, cordera.

—¿Por qué, chacha?

—Por bostezar y estirarte después de dormir diez horas.

—¿Y nada más? —dice Lola, que conoce los clásicos.

—Por ser tan joven y tan..., tan animalito.

—¡Bruta, que eres una bruta! —insulta la muchacha, sonriendo.

Lola hace su cama. Tiene una habitación hermosa. Faltan las imágenes religiosas. Don Luis no ha querido nunca. Únicamente, al fondo, una acuarela de la catedral. Lola trabaja despacio. Terminar demasiado pronto la aturde. Terminar demasiado pronto es quedarse con las manos quietas. Es quedarse con la frente pegada a los cristales, mirando a los chicos de la calle, a las vecindonas que salen al atardecer, con su cesto de costura, a la acera de enfrente.

—¿Terminas, cordera?

Lola no contesta. Divaga. Se sienta ante el tocador. Se mira al espejo. Recoge sus cabellos con ambas manos y los echa, bruscamente, hacia atrás. Luis ha dicho, varias veces, que tiene unas orejas bonitas. Se mira, ansiosamente: Luis —Quiero las orejas solamente para mí. Escóndelas, siempre, para todos los otros. Lola —Están desnudas, las pobres; tienen vergüenza. Luis —Yo las vestiré. Y Lola rebusca en el joyero. Los pendientes: unos de oro puro, otros de amatistas y otros con perlas negras... Luis —Toma, viste tus orejas. Los de oro, para los días de alegría; las perlas, para cuando no puedas amar. Y las amatistas, Lola, para que yo sepa cuándo estás triste. Lola —Son muy hermosos; deben costar un dineral. Luis —No cuestan nada. Han sido creados para esto, para estar colgados en las orejas de una mujer. Lola —¿Yo, precisamente yo? Luis —Tú, precisamente tú.

—¿Qué haces, niña? —pregunta Adela, asomándose fugazmente a la puerta.

¡Qué campechano y alegre fue Luis la primera vez! Luego fue cambiando. Del señorón experimentado que se limitó a tomar a una muchacha procurando ser simpático, eso sí, al hombre que se quedaba largas horas en silencio, tomándole una mano entre las suyas. ¿Qué había cambiado? Lola toma ahora el camafeo en las manos, un ópalo o algo así, con una cabeza griega tallada. El colgante es una cinta de terciopelo negro, pero con un broche de diamantes. Luis —Es Safo, Safo de

Mitilena. Lola —¿Quién dices? Y Luis —Hacía versos. De todas formas, no estoy muy seguro de que sea Safo. Resulta, ¿sabes?, que todo perfil femenino griego es de Safo o de la diosa Artemisa. Los griegos no se preocuparon mucho en destacar a sus mujeres. Luis, a veces, decía cosas raras.

—Sí, son hermosas —dice Adela, tan encima, que Lola se asusta y esconde las joyas en el pecho.

—¡Ay, qué tonta! —dice luego, reaccionando.

—Yo también he tenido —comenta Adela—. Pero a mí me gustaba que pesasen mucho, ¿sabes? El oro pesa mucho. Es lo que más pesa. Dicen que el platino, pero no sé, no sé...

—¿Qué hiciste con ellas, Adela?

—Las fundió un fulano.

Adela ríe de mala manera, aunque no por ello triste.

—Eres una mujer rara, Adela; debieras contarme cosas tuyas.

La mujer niega con el gesto. Y subraya con la palabra:

—No. Él conocería cuando yo te he hablado o enseñado algo. Más vale que lo que digas o enseñes sea enteramente tuyo.

Y ríe. Lola, desconcertada, guarda las joyas.

—No creo que Luis se fije en esas cosas.

—Don Luis tiene en ti un campo de nieve y no quiere que nadie se lo estropee.

Lola, en un arranque, se confiesa.

—Me molesta que me hables así. Tanto tú como él

me hacéis creer que soy un bicho, que no debo hacer nada, ni pensar en nada. Debe pensar que soy tonta.

—Mira, niña, te estás poniendo rara. ¿Quieres que salgamos a pasear un poco?

—¡Claro, Adela! ¿Iremos a la montaña?

—No. Iremos de compras, que es mucho más bonito.

7

Luisa tiene en las manos una camisa. La está repasando. La luz es cambiante. Tan pronto luce el sol como un cuchillo de sombra atraviesa los cristales. El día está raro, con ganas de todo, de sol, de viento y lluvia. Luisa es un poco miope. No lo sabe. Cree que los dolores de cabeza que tiene a veces provienen de otras causas. A lo mejor, sí. Cuando llega el sol, Luisa no tiene ganas de trabajar. Cuando viene la sombra, Luisa no puede. Luisa no trabaja. Tiene la camisa en las manos, pero nada más. Quirino, desde hace un par de días, viene muy tarde; por la noche, duerme hasta mediodía y se vuelve a marchar.

Alguien está llamando, tímidamente, a la puerta.

—Adelante.

—Buenas tardes —dice Largo Serena.

Largo Serena parece cansado. Está, por lo menos, ojeroso y su traje está lleno de zonas húmedas y polvorientas. Ha debido caminar mucho o, quizás, estuvo tumbado boca arriba en la cuneta de una carretera.

—Buenas —dice Luisa—. Quirino no está.

—Ya lo sé. Es decir, me lo figuro, Luisa.

Aclaradas las cosas, los dos se contemplan. Largo deambula, recoge algunos periódicos que coloca en una silla, empuja con el pie, bajo la cama, un orinal que asoma, alisa la colcha de la cama. Luisa, con la camisa en el regazo, le observa.

—Hace un día muy irregular —dice Serena.

—Sí. Un día triste.

—No, eso no —dice Largo, en un arranque—. No es día triste, ni mucho menos. Es muy bonito estar esperando que pase una nube y que el sol, nuevamente, haga brillar a lo lejos una cúpula de cristal.

Sin saber qué contestar a aquello, Luisa calla y sonríe. Largo arrastra una banqueta hasta su lado. Se sienta.

—¿No le gustaría dar un paseo?

—Me gustaría mucho.

—Vamos, venga conmigo.

Luisa, indecisa, sonríe.

—No debo hacerlo.

Largo trata de comprender aquello. En realidad, se encuentra mejor no entendiendo nada.

—¿Por qué? —pregunta.

—No sé si le gustaría a Quirino.

Largo, sin convicción, responde:

—Ésos son prejuicios burgueses.

—Quirino también me dice que los tengo. ¿Se nota tanto? ¿Por qué es así?

—Perdone, Luisa; a veces digo tonterías.

Luisa se levanta.

—¿Quiere una taza de café? Soy una cafetona. Siempre tengo algo por ahí. Puedo calentarlo en un hornillo.

—Soy muy nervioso y no me gusta tomar mucho café. Luego no puedo dormir por las noches.

Luisa, desamparada, se disculpa.

—Tengo tan poco que ofrecer...

—Sí, comprendo; le gustaría ofrecer pastas o quizás una merienda de salchichas y jamón.

—No se burle usted.

Largo se levanta y acude al lado de la mujer.

—No me burlo, Luisa. Era un decir. Yo tenía una tía que nos obligaba a merendar. Era casi una paga por haber ido a visitarla.

Luisa, instintivamente, vuelve al lado de la ventana.

—Salgamos a dar un paseo, Luisa —vuelve a pedir Largo.

—¿Por qué tiene usted ganas de dar un paseo? Además, si no me equivoco, viene usted de darlo. Se le nota en el traje.

—Es verdad. Por eso vine a decirle que... Me di cuenta que me faltaba algo, que estaba cansándome estúpidamente. ¿Quiere que se lo explique mejor?

Luisa, atenta a una nueva zona de oscuridad, no contesta. Largo Serena toma asiento.

—Yo salgo a pasear siempre con un libro —dice Largo—, y nunca me aburro. Pero hoy, no sé si salí sin él, me aburrí.

—¡Ah! —dice Luisa.

—Lo dejé, aposta, bajo la almohada. Recuerdo que me despedí de él y todo.

—¿Por qué hace usted esas cosas tan raras? —pregunta Luisa.

—Porque hoy quería aburrirme, quería saber cómo se está cuando se está solo y se desea estar acompañado. Quería tener el valor de venir a decirle: venga conmigo, Luisa, a pasear.

—Muy complicado es eso —dice la mujer.

Largo asiente.

—Lo es, desde el momento que aquí estoy a solas con usted y allí hay una cama, ¿comprende? Quiero, sin embargo, salir a pasear. ¿Lo comprende?

Luisa está casi ofendida, duda en su contestación. Teme ofender a Largo y está descubriendo que no quiere ofenderlo.

—Lo comprendo. Usted también tiene prejuicios —dice.

—¡Oh, no; no es eso! ¿Cómo se lo explicaría yo? Me duele, me molesta estar en una habitación cerrada en estos momentos. No sé, Luisa, si usted habrá entendido ya lo que intentamos hacer Quirino, Julio, Turro y yo. Lo que intentamos hacer exige paciencia y un escondrijo. Estoy harto de cuatro paredes; estoy harto de aguardar... No me haga mucho caso.

—Vamos a dar ese paseo, ande —dice Luisa.

—No, déjelo ya. Ahora estoy mejor. Tenía un poco de frío y estaba tiritando, ¿no se dio cuenta? Ahora no quiero salir. Me encuentro bien, con los codos en las rodillas y frotándome las manos. Y lo mejor de todo, hablando muy bajito. ¿Ha notado que casi es un susurro? Luisa, yo la quiero.

Quizás el susurro está siendo demasiado inaudible y Luisa no lo ha entendido. No se mueve, no dice nada.

—No sé cómo, pero la quiero —dice Largo.

La mujer no oye nada, porque está petrificada.

—Bueno, ya está dicho —rumorea Serena, que cierra los ojos sin pretender juzgar el efecto de sus palabras.

Luisa contempla al muchacho de los ojos cerrados. Le asusta su ceguera voluntaria.

—No. No haga eso, Largo —dice Luisa.

—Hacer ¿qué? —pregunta Serena.

—Cerrar los ojos sin estar dormido. Cuando se está dormido, cerrar los ojos no tiene importancia. Cerrar los ojos estando despierto es como estar muerto, o como estar teniendo miedo.

—Es posible —dice Largo, abriendo los ojos.

Sonríen los dos, ampliamente. Sale el sol; bueno, sólo un poco.

—Me gustaría saber en qué consiste la atracción física —dice, al cabo, Serena—. A mí me gusta más hablar con un hombre que con una mujer. Y estoy mejor con él, para todo, excepto... para tocarle. Una mujer...

—Comprendo —dice Luisa.

—Sí; es fácil comprender —comenta el muchacho—, aunque sea ofensivo. Perdóneme, Luisa. Es un misterio.

—No me gusta que hable así. Dejémoslo, ¿quiere?

—Sí. Me voy a marchar. Tengo bastante por hoy. Si me quedo, a lo mejor lo estropeo...

—Largo Serena en escena —dice ella, sin darse cuenta.

El estudiante sonríe. La tarde está llena de sonrisas pueriles.

—Eso es cosa de Mandarino. Ea, me voy...

Se desgaja de la silla lentamente, como si debiera ir quitando adherencias. Es tangible la protesta muda de su psique. De pie, camina despacio. Luisa, inmóvil, lo mira todo y no comprende nada.

—Mañana —desde la puerta se vuelve Largo para hablar una vez más—, si hace sol, esperaré a la puerta del parque. Hay atracciones. Caballitos, norias y barcas. Y barracas de tiro al blanco. Los premios son absurdos, terribles: muñecas de peluche, botellines de anís, y todo eso. Pero hay algo que me gusta. Un perrito de cerámica blanca. Un galgo ruso o algo así... Me gusta. Quisiera que le gustara a usted. Nada más tonto hay que tirar con esas escopetas de aire comprimido, descentradas además para que no se acierte; nada es más estúpido que esperar como premio una terracota cursi. Pero me gusta el perrito. Venga conmigo y lucharé para arrancarle de su cadena de papel. Quizás, en el fondo, es lo que quiera hacer: libertarle...

Cierra la puerta y se marcha, sin terminar la frase. Cuando Luisa quiere contestar, se ve tan sola que se tiene lástima. Y comienza a llorar.

8 Como una Némesis lejana, la nube negra va alcanzando a la blanca. Ha sucedido antes y sucederá después. Ángel Turro lo ha visto ya muchas veces en el largo otoño que transcurre. Las nubes negras suelen ir más bajas que las blancas. Y por eso no se funden, no producen una nube color café y leche, como desearía que sucediera. En el fondo, no está muy seguro de las mezclas. Negro y blanco, ¿producen gris? ¿Existen nubes grises? ¡Dios, qué frío, qué dolor, qué temblor dentro del cuerpo!

—¿Qué...? ¿El bicho otra vez? —pregunta Paco, el viejo de las cotufas.

—Sí.

—¡Demonio con eso! ¡Sí que es raro...! Para mí, que usted pierde el tiempo quejándose. ¿Por qué no va a un médico de una vez?

Turro observa la plaza, sin contestar. Es cosa de cada día. Menos mal que aceptar consejos es tan fácil como darlos.

—Los médicos, ya se sabe... Cuando aciertan, aciertan; cuando se equivocan, se equivocan —dice el viejo, sabiamente.

—No he visto a la Encarna hoy —dice Turro.

—Ya vendrá, no se preocupe... Parece que está usted enamorado de ella.

—¿Por qué no?

El vendedor de palometas ya no se asombra de nada. Pero su falta de asombro también es una opinión.

—A mí me han gustado siempre las gachises blancas como la leche. Las mordía aquí, en el codo, un poco más arriba y luego chupaba. Quedaba un moretón. Lupe, una que tuve, me decía: «Paco, no seas animal, hombre, que luego tengo que andar metiendo el codo y parece que tengo la mano tonta». Una gitana, vamos, parece un alambre roñoso. Pero va en gustos, claro...

—Si hablaba en broma, hombre —dice Turro, un poco molesto.

Paco calla. Debe de estar pensando en lo rara que es la vida, en lo diferente que es una mujer con el cuerpo blanco como la leche, de otra con el cuerpo olor alambre roñoso. No es así, sin embargo.

—Usted —dice, introduciendo elementos nuevos en la conversación— debiera venir conmigo.

—No tengo ganas de mujeres, Paco.

—No es eso, coña, que no soy macarra. Digo a lo del bicho que le tiembla en las entrañas. Conozco a un curandero. Muy, muy bueno.

—Otro día —dice Ángel, observando el palacio, nítido y bello en la tarde otoñal.

—Tiene unas manos de santo. Sólo una cosa: papel de estraza y aguardiente. Da freigas, ¿sabe?

—Será friegas, ¿no?

—Eso...

Paco se levanta para vender palometas a un niño, cliente cotidiano. Vuelve.

—El niñato del naviero —dice, innecesariamente, pues Turro ya lo sabe, lo sabe desde hace días—. ¿Qué estaba diciendo antes?

—Hablaba de Cartagena, de las minas —insinúa Turro.

—No. No me trabuque... Del curandero, eso es... Las friegas son de aguardiente. Dice que es bueno meter el aguardiente en la sangre. La calienta... ¡zas, zas, masaje y más masaje...! El aguardiente, dentro. Y luego, un papel de estraza bien apretado para que guarde el calor... ¡Tiene que venir!

El viejo se exalta. Turro, asombrado, le mira. No comprende. ¿A qué viene tanta emoción? Ni Quirino ni Largo se preocupan por su dolor interno. ¿Qué le importa a Paco?

—Está bien. Si se empeña, iremos luego —dice Turro.

Alegre, Paco todavía hace un descubrimiento más.

—Mire —dice—, por allí viene la gitana que le enamora.

—Escuche —advierte, alarmado, Ángel—. No gaste esas bromas delante de ella.

—Salud, Encarna —grita Paco—; ven acá, faraona.

—Bueno, pero, ¿se puede saber cuándo trabajáis ustedes? —dice Encarna, despechugada, alegre—. Siempre estáis ustedes sentados en ese banco.

—Es éste, Encarna —se chiva el vendedor de palometas—, que no puede vivir sin verte.

El azoramiento de Turro se confunde fácilmente con la tontigracia de un enamorado. Encarna, que abulta el doble, se hace de nuevas.

—¡Ah, sí...! ¿Qué pasa? —dice, sin sentarse, algo alejada mentalmente de allí.

—¡Claro, tú, pensando en el otro! —dice Paco, alerta siempre a todo lo que en su plaza sucede.

Indiferente, Turro comenta:

—¿Es que ha vuelto ya?

—Sí. Esta mañana —aclara Encarna, sin darse cuenta.

—Bueno, vendrá con ganas y habrá visita —ríe Paco, malicioso. Encarna, vuelta a la realidad, increpa.

—Si te salieran gusanos en la lengua...

—¿Qué pasaría, gitana?

Encarna, con un esfuerzo, se reprime.

—Nada. No podrían vivir allí. Se envenenarían en seguida.

Turro interviene, conciliador.

—Encarna, mujer —dice—, no le hagas caso a este viejo. ¿Sabe usted una cosa? Que prefiero morir antes que ser viejo.

—También tiene usted un consuelo...

Encarna, nerviosa, deja su cesta en el suelo. Encarna

tiene un pelo tan negro como sucio. Pero no es mujer desagradable. De ser mujer desagradable don Luis no la enviaría a los recados. Debe de haber algo en ella que se asocia a otra mujer, la mujer de la especie. Turro lo piensa, pero no lo dice. Turro mira a la gitana, sonriendo suavemente. Ella se da cuenta y le devuelve la sonrisa.

—Es que ya tenemos una tertulia —dice la mujer—; para qué los cafés, para qué los ayuntamientos... Aquí se arreglan las carreteras y se ganan las guerras, ¿verdad?

—Oye, Encarna —dice Paco—, estoy convenciendo a éste para que venga conmigo a ver al Rusti. ¿Tú te acuerdas del Rusti?

—¡Claro que me acuerdo! Me curó este brazo, que se envenenó con una espina...

—Los claveles no tienen espinas, Encarna —corrige Turro.

—¡Mi alma! La espina era de pescado, que todo lo quieres saber. ¿O es que crees que estoy todo el santo día con la cestita repajolera?

—No creo nada, Encarna. Me gustaría dormir contigo, ¿sabes?

Paco suelta una risa cascada que irrita desde la primera a la última vibración. Turro comprende que no se ha expresado bien.

—Es que me imagino que tienes siempre calor.

—¿Sólo por eso, mi niño?

Turro no contesta. Piensa que diga lo que diga va

a quedar regularmente. Lo dicho, dicho queda. Ha sido un desahogo.

—Oye, tú —dice Paco a Encarna—, ahí tienes a ése. Un hombre, de grandes patillas, pasa lentamente, sin mirar a nadie. Quedan en silencio. Encarna levanta su cesta. Es molesto el silencio. El silencio cercano. De lejos viene el ruido de los hombres y los trastos de los hombres. Turro tiembla. Levanta los ojos al cielo: las nubes negras son ya más numerosas y potentes que las blancas. Lloverá.

Encarna se marcha. Turro dice:

—Me gustaría ver al fulano ese.

—¿Qué fulano? —inquiere el vendedor de palometas.

—Al curandero. Vamos, ande.

—¿Ahora? No me he sacado el jornal.

Turro se pone en pie. A lo lejos se ve a Encarna hablando con el hombre de las patillas. Dice:

—Yo se lo completo. Vamos. Me duele. A lo mejor mañana no tengo ganas.

—No me gusta abandonar el negocio —gruñe Paco. Turro siente un respeto tremendo, tremendo de verdad, ante el vendedor de palometas de maíz que no gusta de abandonar el negocio. No, por lo menos, antes de cumplir el horario. Piensa, aunque no lo dice, que así se hace patria. Sin embargo, Paco se levanta. Todo por la amistad.

9 La mesa grande está arrimada a la pared, junto a la ventana. Encima, sentados en sillas bajas, están Quirino y Largo Serena. Apoyado de codos en la mesa, pero en el suelo, está Mandarino. Turro, ausente, más lejos, se hizo un nido entre libros y está allí, temblando.

—Vosotros diréis que es ilusión mía —dice Mandarino—, pero aquí huele a cazalla.

Habla muy bajo, pero el sotanillo tiene resonancias de iglesia abovedada.

La penumbra deja entrever las siluetas. Es fácil, al cabo del tiempo, acostumbrarse a ello.

—Hueles a engrudo, pedazo de pachón —regaña Quirino, suavemente.

Julio niega, suave pero firmemente, como ordenan los reglamentos.

—Si es que queréis mamar solos, santas y muy buenas. Pero me parece una marranada.

—Soy yo —dice Turro, desde un rincón.

La inesperada confesión deja palpitando una extraña sensación. Es Largo, desde la mesa, quien encuentra la anomalía.

—Ha dicho, fijaos bien: «soy yo». No ha dicho, «he sido yo», o «yo tengo la botella»; no, ha dicho, «soy yo». ¿Puedes explicarte mejor, Angel?

—Desde luego, majo —dice, cortésmente, Turro—. Digo que soy yo el que huele a cazalla.

—¡Bendita sea el agua de la mar salada! —gruñe Julio—. Yo me bebo medio litro y no me huele ni el aliento.

—No he bebido ni una copa —se sincera Turro.

—Entonces —interviene Piccardo—, es que te has bañado. ¿Desde cuándo tienes esas costumbres tan decadentes, Ángel?

En el feroz aburrimiento de la espera, en la tristeza de la penumbra, en la flato de la noche agoniosa, todo elemento discursivo es bueno. Lo saben todos. Por eso saborean las situaciones.

—Desde hoy. Y mañana pienso hacer lo mismo —aclara Ángel.

—A ver, déjame —dice Julio.

Y despacio, pero seguro, se acerca. Llega hasta los libros, hasta el extraño nido. El olor del aguardiente le llega como la tufarada de un incensario.

—¡Es verdad! ¡Es verdad! —dice, una octava más alto de lo necesario.

—Claro que es verdad —dice Turro—. Toca aquí, anda.

—¿No es lugar malo?

—En el pecho, burro. Toca...

Mandarino palpa y encuentra un tacto duro pero flexible, áspero y humedecido.

—¿Qué es esto? —pregunta.

—Papel de estraza empapado de aguardiente.

Julio se huele la punta de los dedos y aclara:

—Es verdad —dice, mientras vuelve a su sitio. Turro deja que los demás mediten en la confidencia.

—En mi vida había visto cosa semejante —clama Mandarino—. Un tío que lleva el aguardiente en el pecho.

—Y más abajo, Julio, y más abajo, donde no puedes ni debes tocar.

—¡Vete al cuerno!

—No, vete al cuerno no, Julio. Vete al curandero, querrás decir. Aunque no lo creáis, estoy caliente. Me gusta estar así. No me importa estar esperando.

Sorprendidos por el acento que tiene la voz de Turro, los otros hombres se guardan las bromas. Turro, con su voz aguda, casi femenina, aclara:

—Fue el curandero. Me ha metido el aguardiente en la sangre a fuerza de friegas. Y luego me colocó este papel. Así, el calor me durará hasta mañana.

Resuena una risita que parece provenir de Piccardo. Largo, tras una pausa, dice:

—Te hubiera sido más fácil beberlo, Ángel. La ingestión pasa a las venas en una hora.

—Largo, no me digas nunca lo que tarda el alcohol en digerirse; no me lo digas...

La súplica tiene un acento de velada amenaza, mezclado de triste confesión, que conturba. Piccardo, al quite, dice:

—¿Qué dijo el curandero que tenías?

—Nada. Que no tenía nada...

—Algo te diría, Ángel.

—Sí. Que tenía la bola de los remordimientos.

—¿Dijo eso mismo?

—Me lo pareció. Dijo que la bola se le pone a uno en el vientre, a otro en la cabeza, al de más allá en el pecho.

Mandarino, volviéndose suavemente en las sombras, dirige su voz al rincón de los libros.

—Di la verdad, Ángel. ¿Fuiste a un curandero o simplemente a un cura?

—Ya oliste el aguardiente.

Sobre la mesa, inquieta, rebulle una sombra. La voz de Piccardo ruega:

—No seguir. Silencio administrativo. No traigas más olor a cazalla, Ángel.

—Mañana, y al otro, y al otro. Hasta que muera. No será muy tarde. Este asunto nos enterrará a todos.

—La bola no era de remordimientos —dice Largo—; es de miedo.

—Es posible —concede Turro.

Piccardo, en un esfuerzo por alejar la sombra del temor, vira ciento ochenta grados la conversación.

—Pese a todo, sigue sin gustarme lo que hacemos. Nada garantiza que el nido esté aquí. La gitana puede servir a varios amos. La niña de ahí enfrente puede estar mantenida por un fabricante.

Mandarino no acepta la sugerencia, o no la entiende; corta bruscamente.

—Ni tú mismo crees lo que dices, Mandarino.

—Calla, hombre, que de algo hay que hablar. Y de hablar por hablar, prefiero estar seguro.

—¿De qué?

Turro, desde su rincón, interviene.

—La gitana dijo bien claro que él había llegado hoy. Y mi amigo Paco dijo: «Entonces, habrá visita». ¿Qué quieres, Quirino, invitación especial?

—Os digo que no me gusta.

Quedan todos en silencio. Afuera, han encendido unas luces, laterales y algo lejanas. Desde abajo, el recuadro del cristal tiene un color amarillo; desde arriba, a través del polvo, se divisa la acera de enfrente. Pasan y repasan sombras, largas faldas de mujeres, escuálidas canillas de chiquillas, zancajos de adulto.

—Hubiera sido mejor un piso alto —murmura Largo, resumiendo el pensamiento de la mayoría.

—Hubiera sido mejor que nos lo trajeran atado.

Es difícil la espera. Hasta tanto se ha hallado una conformidad, un módulo, perece en tierno tallo todo pensamiento, incluso toda esperanza. Necesariamente, es precisa la experiencia de otras situaciones para plantear otra nueva raíz.

—Ni siquiera tenemos las estar —dice Mandarino.

—Es verdad, ¿dónde las tienes, Quirino? —pregunta Turro.

—En alguna parte. No pasad cuidado.

—Me siento desnudo sin ella —sigue diciendo Ángel—. A lo mejor por eso tengo frío.

—Lo que nos hace falta es un aparato de radio —dice Piccardo, evasivo—; escucharíamos música.

—Sí —susurra Mandarino— y yo bailaría en las sombras. Compra el aparato, Quirino. Haz que estemos despiertos, y contentos y cómodos. Haz todo eso...

—Calla, Julio —dice Largo Serena.

—No tengas miedo, Largo; he esperado muchas veces bajo la lluvia, y en días de invierno, y en días estúpidos. No me rajo...

—Anda, Julio, sube un poco —ruega Serena—, que quiero estirar las piernas y fumar un cigarro en la otra habitación, Ángel, ¿sigues oliendo a cazalla?

—Sí.

—Te oleré un poco, me comeré una manzana que tengo en el bolsillo y fumaré un cigarro. Y os tengo a vosotros, hermosos camaradas. ¿Se puede exigir más?

—Baja de una vez y calla, hijo de la anarquía, estudiante ful, largo, largo maldito lo que valgo —se desahoga Mandarino.

Serena ríe por lo bajo y se desliza hasta el suelo. Todavía dice:

—Veo puntitos de luz, estrellas. Lo he pensado mejor, Ángel, y me pasaré sin tu aguardiente. En cuanto a la manzana, es mentira. No tengo ninguna manzana. Ni tabaco siquiera. No fumo.

—¡Dios, y cómo me revientan los tipos que hablan por hablar! —dice Mandarino, ya desde lo alto de la mesa.

—Calma, muchachos —ruega Quirino, satisfecho en el fondo.

Y es que sabe que, en medio de todo, están llegando rápidamente a la razón absurda de los que esperan en las sombras.

Mandarino, pegadas las narices al cristal, dice:

—Dentro de poco conoceremos los huesos de todos los vecinos. Dime, Quirino. Y si ahora viniera el fulano, ¿qué haríamos?

—Nada. Esperar.

Largo Serena, desde abajo, pregunta:

—¿No lo estamos poniendo difícil nosotros mismos?

—No lo sé. Nunca hice cosas difíciles. ¿Y tú, Ángel?

—Tampoco.

10 Su excelencia mete el objeto en un bolsillo. Se encuentra solo. Octavio Camilo se ha marchado. Su excelencia se pregunta a veces si su asistente olerá cuando él quiere salir. El general no sabe que la cosa es más sencilla. Octavio Camilo conoce el protocolo. Cuando su antiguo coronel no se descalza es que, desde entonces mismo, está fuera de lugar. El subconsciente le traiciona al valiente militar. Octavio se marcha, entre otras razones, porque le fastidia mucho ser tratado a gritos.

De todas formas, el asistente no va muy lejos. Tácitamente, está convencido que Octavio espere en un pasillo, para salir juntos del palacio. Así, el centinela de la puerta no piensa que la escapada sea de tapadillo. La añagaza es pueril, pero sirve. Tanto es así, que si Octavio no está aguardando, su excelencia se vuelve. Al día siguiente los gritos llegan al cielo. Octavio, a veces, por que sí, hace cosas semejantes.

Son las diez de la noche. Tarde para una ciudad que trabaja. Temprano para una ciudad que se divierte. En las oficinas del palacio hace una hora que terminó el trabajo. Su excelencia acusó un fuerte dolor de cabeza. Se han cerrado las luces. Duermen las obras de arte de los segundones y epígonos novecentistas. Se han marchado los ordenanzas de los pasillos. La servidumbre está en los sótanos o en las buhardillas. La zona media del palacio se adormece en la penumbra. Los relojes —uno en cada sala— desangran la vena aorta del tiempo.

Don Luis de Arencibia y Arellano se coloca bajo el brazo un sobretodo ligero. Sale al pasillo. Está contento aunque por nada del mundo lo confesaría.

—Hola —dice Octavio, levantándose de uno de los bancos del pasillo.

El general no contesta. Sigue andando. Deja a un lado la escalera principal, toma un recodo y llega a otra escalera, ásperamente iluminada y de cerrada espiral. Baja despacio. Pisa fuerte. Octavio marcha detrás.

La escalera termina en el patio central. A un lado, la puerta grande, cerrada, excepto un portillo que deja entrever al centinela exterior; a la derecha, otra puerta, también grande, puerta cochera cara a la plaza: entreabierta. A la izquierda, una puerta pequeña, cerrada. Octavio se adelanta y mete la llave. Bien engrasada, la puerta cede inmediatamente. Haciéndose a un lado, el asistente deja que salga primero su excelencia.

La noche está húmeda. Sopla un levante cargado de mar, algo tibio y pegajoso. Fuera del palacio, la atmósfera de la ciudad restalla sin aislantes, en los sentidos del general. Un centinela, en la esquina, suspende la melodía silbante y se cuadra, muy mal. El general pasa como ante una estatua; Octavio, en cambio, gruñe un denuesto en árabe retorcido.

El general sigue por la calleja, por el lado opuesto a la plaza, indiferente a la escasa gente que le acompaña en el tránsito. Octavio camina detrás. Todo está dentro de la más estricta normalidad. Podrá diferir en una o dos calles, pero el paseo nocturno enderezará pronto un rumbo definitivo. Hasta entonces, Octavio acompaña. Ha sucedido, a veces, que el paseante ha vuelto a casa sin mediar explicación alguna. Pudiera ser una contrapartida a la no cooperación del legionario en algunas escapadas.

El hombre que va delante vuelve una esquina. Octavio Camilo apresura el paso. Se le hace difícil compaginar su estatura y atuendo marcial con lo que entiende por vigilancia. Le fallan, indudablemente, los reflejos del largo período militar. Posiblemente porque no tiene objeto estar mirando continuamente sin saber lo que se espera encontrar.

Cuando Octavio Camilo llega a la esquina no encuentra al general. Se detiene, sorprendido. No puede, materialmente, estar lejos. Alerta al fin ante el suceso incomprensible. Octavio afina el paso y los sentidos. Se olvida de mirar atrás. Camina pegado a la acera.

—Bien, Octavio, ¿me buscabas?

Su excelencia ha salido de un portal. Al girar sobre sus talones, Octavio casi derriba la menuda silueta. Se cuadra, instintivamente. Cree conocer a su superior, pero, en casos imprevistos, es mejor esperar a ver por dónde camina su humor.

—Quizá quisieras ver esto —dice el general.

Extrae de un bolsillo un estuche. Lo muestra extendido sobre la mano. Octavio, firme, espera una mejor señal. Ensimismado, don Luis de Arencibia oprime un resorte. El estuche se abre. Bajo la luz de un cercano farol de gas, Octavio observa un anillo de oro, con una piedra al exterior.

—Es un zafiro —informa amablemente don Luis.

Seguidamente, terminada la ración de amabilidad, don Luis cierra bruscamente el estuche, lo guarda y con un hilo de voz, tensa como alambre, susurra:

—¿Me vienes siguiendo?

Octavio sabe ya a qué atenerse. Pero tiene pocos medios defensivos. Ha sido sorprendido en emboscada. No contesta. Está claro que no puede negar la acusación.

—Escucha, pedazo de imbécil —está diciendo don Luis—; no quiero que me vengas detrás. ¿Entendido?

—Mi coronel...

—Hace siete años que ascendí. Y muchos más, que dejé sin trabajo a la niñera.

Con los sentidos adquiridos en largos años de vigilar la veleta, Octavio comprende que está cambiando el humor. Es una sutil diferencia en la modulación de las palabras. Y se atreve a decir.

—Es usted un ingrato y yo mañana me licencio.

—Mañana, a las siete de la mañana, te presentarás en mi cámara y aguardarás a pie firme a que te llame. Y ahora, ¡media vuelta!

Los antiguos reflejos funcionan instantáneamente. Octavio efectúa un giro impecable.

—¡Mar!...

Octavio obedece en línea recta. Se aleja. La tensión le dura unos metros. Se relaja, pierde elasticidad y termina deteniéndose. Se apoya en la pared de una casa y se va volviendo lentamente. De refilón, observa a don Luis por la acera, ligero y despreocupado.

—Que... cabroncete mío —murmura, admirado y complacido a pesar suyo.

Apoyado en la pared, Octavio espera. No lo quiere admitir, pero está esperando a que otros tengan más agallas que él y estén desobedeciendo. Quisiera ver una o dos siluetas policiales tomando el mismo camino. Espera.

Es pueril esperar más. No es posible seguir al que

ya lleva cinco minutos de camino adelantado. Consulta el viejo reloj de bolsillo: las diez y media. Vuelve sobre sus pasos.

La tenue luz del bodegón le conforma. Entra.

—Buenas noches —saluda el tabernero gordo.

—No están mal —dice Octavio—. Anda, ponme aguardiente.

Con el vaso por delante, aguarda a que se clarifique el contenido. Está aguado, desde luego, pero no tiene ganas de reclamar. En el fondo, los eternos jugadores de dominó, como siempre, le ignoran. A veces quisiera jugar, fundirse a ellos. No es posible. Le tratan con una ceremonia, inusitada en aquel lugar, cuando se dirige a ellos directamente, con excesiva cortesía. Aunque pretenda aguantar, la tensión no afloja y prefiere marcharse. La vida.

—¿Cómo está el asunto? —pregunta Octavio.

—¿Qué asunto? —dice el tabernero.

—El social, hombre. ¿Hay huelgas, tiros, subidas de salario?

—¡Pechs! Así, así, anda la cosa —dice el otro, sin comprometerse.

Los cristales están empañados. Pero se adivina la noche húmeda y salitrosa, con el mar al fondo.

III

A la espera

1 Adela tiene tiempo para retirar un clavel tronchado y guardarlo en un bolsillo del delantal. Lola, deshace el rebujo de sus pies bajo la falda y espera. A veces sale a recibirle, pero Adela tiene dicho que es mejor esperar en la salita, mientras ella abre la puerta. Algunas veces se queda quieta y otras no. De todas formas, Luis no le ha dicho nunca qué es lo que prefiere. Luis tiene un llavín, pero Adela se las arregla siempre para estar en el recibidor cuando la puerta se cierra y deja dentro de la casa al visitante.

—Buenas noches, don Luis —saluda Adela.

—Sí, buenas, Adela —responde don Luis, algo molesto.

Realmente, su excelencia preferiría no tener otra presencia humana bajo el mismo techo. Pero a las tantas de la noche no puede mandar a nadie a la calle. Algunas veces, Adela pide permiso para ir al cine, permiso que le es gustosamente concedido.

—¿Qué tal el viaje? —pregunta Adela mientras recoge el sobretodo.

—Pesado, pesado...

La repetición del ritual no ablanda ninguna de sus aristas. Adela recuerda a Octavio y quiere decir algo. Pero don Luis está buscando ya la puerta de la salita.

—Lola, Lolita... —dice, al entrar.

La muchacha se levanta y tiende las dos manos. El hombre se apodera de ellas. Las sostiene, ambos muy separados.

—¿Te acordaste de mí? —pregunta, con voz ronca, el hombre.

—Mucho —contesta ella.

Se acercan ambos, casi hasta tocarse. Lola reprime un escalofrío. El hombre, al entrar, parece haber traído algo de la humedad de la noche. Su ropa, al tacto, está blanda y fría. Él interpreta mal el escalofrío y se separa ligeramente.

—Bien, pequeña; ya estoy aquí otra vez. ¡Cuánta agua, Dios! ¿No leíste los periódicos?

—Sí —miente Lola.

Dentro de unos instantes, Adela servirá té. Todavía tardará algo más en fundirse el hielo. Don Luis es hombre mundano, harto de resolver situaciones embarazosas; pero Lola rara vez sabe cuándo tiene que empezar a abandonarse, a reír o mover las manos sin preocuparse por la categoría del hombre.

—¿Qué has hecho en mi ausencia?

—He cosido mucho.

El hombre se sienta en un sillón. Va perdiendo humedad y tensión. Es como la cuerda de un reloj, desenroscándose a voluntad. Lola se acerca por detrás y tiende los brazos, a modo de collar. Él acepta la situación colocando sus manos encima de las femeninas, levantando la cabeza y cerrando los ojos.

—¿Estás cansado?

—Un poco.

—¿Te quito los zapatos?

—Bueno...

Adela tose antes de entrar. Cuando entra en la sala, la bandeja resplandece y humea. El general olfatea el aroma del té y sonríe.

—Recuérdame —dice—, luego, que no me vaya sin darte lo que traigo para ti y que guardo en el sobretodo. Y no mires hasta entonces, Adela.

—¡Ay, no señor!

—¿Y para mí? —pregunta Lola—. ¿No traes nada?

—¡Hum! Déjame acordar... Me parecía tener algo en este bolsillo... Si aguardas un poco a que cambie de postura, quizá me decida a meter la mano.

—¡Tonto! —regaña la muchacha—. No necesitas molestarte para nada.

Y ella misma, nerviosa y con una risita a flor de labio, rebusca en los bolsillos, bajo la expectante mirada de Adela y el gesto complacido del hombre.

—¡Oh! ¡Qué hermoso! —dice Lola, cuando encuentra el estuche.

—Pero, mujer, ¡si no lo has abierto!

—¡Mira, Adela! ¡Un anillo!

Las dos mujeres se extasían delante de la joya, mientras don Luis, ajeno al bullicio, aunque agradecido al calor que produce, vierte té en su taza. Bajo la sombra de una onnubilación parcial, le llegan las exclamaciones de las mujeres.

Luego, silencio. Adela se ha marchado, cerrando cuidadosamente la puerta que conduce al comedor. Otra puerta, entornada, desvela el dormitorio de la muchacha.

—Gracias, Luis, muchas gracias.

Molesto, el hombre se sacude el agradecimiento. La joya debe producir alegría, no agradecimiento. El beso que recibe en la oreja, ¿es de alegría?

—Valdría la pena estar regalando siempre joyas para recibir alegría —dice don Luis—. Me temo que el valor de los regalos vaya en relación con la edad.

—¿Qué dices? No te entiendo.

—Nunca, de joven, regalé joyas. Enviaba flores.

—También me las envías.

—¡Hum! Es verdad. Mejor dicho, debe ser verdad, pues no sé si es la gitana por su propia iniciativa o si es Octavio el que se acuerda. Desde luego, si a eso te refieres, yo las pago.

—¿Te quito los zapatos?

—¡Claro que sí! ¿Cómo sabría que estoy contigo si no estuviera descalzo?

Sorprendida, Lola, comenta.

—Dices cosas muy raras.

Don Luis sirve té en otra jícara y hace señas a la muchacha para que no lo deje enfriar.

—En mis tiempos, era tan fogoso que me descalzaba

después, querida Lola. Ahora, tomo té y me dejo quitar los zapatos. Y lo que es peor, hablo mucho. Siéntate, Lola; cerca, más cerca, que pueda meter la mano bajo tu pelo hasta la nuca. No; no estoy raro. Estoy contento.

—Entonces, yo también lo estoy.

Se sucede un instante de suave tensión. Lola mira su mano, adornada con el anillo y sonríe. Don Luis observa y calla. Por el exterior, un vigilante golpea el pavimento con la punta ferrada de su bastón.

—Dime —para preguntar, el hombre se inclina hacia la suave cara de la muchacha— ¿te alegras verdaderamente de verme?

—Sí, mucho. ¿Por qué lo preguntas?

—No sé si me entenderás, Lola. Si yo fuera mujer, y estuviera esperando, me sentiría algo así como un objeto... No; no es así. Me sentiría cansada de estar esperando lo que no es una sorpresa, lo que no puede ser una sorpresa. En fin, dejémoslo...

Lola sabe perfectamente lo que es esperar, sentirse sexo únicamente, esperando ser tomada. Es lo que ha querido decir, elegantemente, don Luis. Sólo que hay cosas que son crudas como la misma vida. Lola, calla. Lola busca afanosamente algo que decir. No lo encuentra y sonríe, una vez más.

—La cosa anda mal, Lolilla —dice el hombre.

—¿Qué cosa?

—La cosa pública. Hay que tener en la mano los informes que yo tengo para darse cuenta de la basura que van dejando los hombres a la puerta de sus acciones. Algo así como la que dejan en sus cubos las mujeres, cada mañana, pero mucho peor. Un asco...

—No hables de ello, si te disgusta...

El hombre se desprende de la chaqueta. En mangas de camisa parece un duelista, incluso por lo preocupado.

—Un día de éstos, cuando tenga ganas, te contaré algo. Algo que puede afectarte. O quizá no... —rumia para sí.

—Cuéntamelo ahora —dice ella.

—¡Bah!

—Como quieras...

El hombre enarca las cejas tratando de llegar a la mentalidad femenina.

—A veces me irrita tu pasividad. Tienes que contradecirme alguna vez, ¿entiendes?

Lola reflexiona.

—Si en dos horas que estamos juntos vamos a estar llevándonos la contraria, ¿qué resultaría?

—Es lo que me pregunto a veces. No creas que soy tonto. ¿En qué vamos a contradecirnos? De lo mío, entiendo más que tú, claro; de lo tuyo, lo que sabes no me importa. ¿Cómo vamos a discutir?

Don Luis deambula un poco por la habitación y de pronto, como si se acordara de algo, se detiene para mirar a Lola.

—Por cierto, ¿te gustaría cambiar de casa?

Lola trata de recordar algo. Lo encuentra y sonríe.

—Adela me dijo algo así el otro día.

Don Luis se detiene en seco. Está enfadado. Lola no comprende qué puede haber dicho para enfadarlo.

—¿Adela te dijo...? Que venga Adela.

Asustada, Lola toca una campanilla. Espera con ella en la mano.

—¿Se puede? —los nudillos de la sirvienta llaman respetuosamente.

—Entra.

Adela tiene las manos mojadas o conciencia de manos mojadas. Se las oprime en el delantal.

—¿Qué le dijo usted a Lola? —cuando el hombre llama de usted, la sirvienta se siente más sirvienta.

—No entiendo, don Luis.

—Sobre la casa. Sobre buscar otra. ¿Qué significa eso?

Adela palidece.

—No recuerdo. No sé... Sería algo de buscar otra más cómoda.

—Esta casa es sobradamente cómoda y amplia.

—No sé...

Don Luis parece prescindir de la presencia de Lola.

—Si no me dice inmediatamente la verdad —impreca—, ahora mismo puede usted ir tomando la escalera.

Aturdida, Adela balbucea:

—No sé... Octavio Camilo dijo que...

Don Luis, cansado de repente, corta:

—Es suficiente... Váyase. Y entienda, una palabra más sobre el asunto y...

Extrañada, Adela levanta la cabeza, tratando de entender el complicado problema.

—Don Luis...

El hombre está mirando a Lola y la sirvienta comprende. Musita cualquier cosa y caminando de costado se marcha. Su salida incita a Lola.

—Me doy cuenta de que soy una tonta. No entiendo nada de lo que pasa. ¿Podrías explicar a una tonta lo que pasa?

El hombre, sombrío pero calmado, se acerca a la mujer y le pone las manos sobre los hombros.

—No pasa nada. Olvídalo...

Lola se sacude las manos con un gesto de fastidio.

—Estoy siendo manejada entre una criada y un señorón. Voy a destaparme yo también con malos modales. ¿Qué lío es ese de Adela y la casa?

Don Luis se deja caer en el sillón, junto a la mesita que todavía tiene el servicio del té, sin responder. Lola, desafiante, se le coloca delante.

—Muy bien, no contestes. Seguramente es algo que no comprendo. Sólo soy buena para una cosa...

—¡Calla!

—¡No me da la gana!

La seca autoridad del hombre se enfrenta al rebufo callejero de la mujer. Don Luis cede. Suavemente, pregunta:

—¿Quieres cambiar de casa?

—¡No! ¡No quiero, ea! —dice ella, enfadada.

La casa no le importa nada. Le aburre. En el fondo,

el trasiego traería para ella un cambio agradable. Pero necesita contradecir al amante. El hombre, con una mueca triste, dice:

—El destino tiene piruetas así. No se hable más. Nos quedamos aquí, pase lo que pase. Y al que me hable otra vez de ello, sea quien sea...

Calla. La honda preocupación del hombre llega a la mujer, que se resiste a dejarse llevar...

—Ven aquí, Lola.

—No, no quiero...

El hombre se levanta. Se acerca a la mujer. La toma en los brazos.

—Ven...

—No. Déjame...

Pero no rechaza. Se deja besar. Son caricias torpes, auténticas.

—Explícame —ruega la muchacha.

—Sí. Te explicaré. Otro día. De ahora en adelante vamos a hablar mucho.

El hombre la mueve con dulzura. La arrastra.

—Espera un poco, Luis.

—No. Ven.

2 Está cayendo la tarde. Hizo un día caluroso. En la habitación pequeña, sobre el camastro, Ángel Turro dormita. Suda y se agita entre sueños. Mandari-

no, entre libros, fuma. Piccardo tiene encargado que trabaje, que eche cola al lomo de los infolios. Julio dice que sí y lo cumple, algunas veces. El chico de la portera asoma en ocasiones la cabeza por la corta escalera. Mandarino, si le cumple, le manda sentarse enfrente y hablan, de hombre a hombre.

Largo Serena sale por la mañana temprano y no vuelve hasta el anochecer. Piccardo entra y sale, casi siempre de mal humor. Ángel Turro, definitivamente afincado en el taller, apenas sale, si no es para ponerse sus emplastos de aguardiente.

La burguesa casa de los esgrafiados, enfrente, tiene color de miel en los pisos altos. Los periódicos traen noticias interesantes. Se ve venir algo gordo. El periódico de la federación trae las fotos de un entierro: un camarada asesinado. Los periódicos burgueses traen fotos de otros entierros. Fútbol, toros, artistas de cine...

—¿Quieres dejar de gemir? —Mandarino zamarrea al durmiente.

Turro, con los instintos alerta, despierta instantáneamente. Cruza las manos bajo la nuca, se humedece los resecos labios y observa las grietas del techo.

—¿Quién ha venido? —pregunta.

—Nadie. Vamos, trabaja un poco —urge Mandarino.

Turro se levanta. De tanta friega y tanto aguardiente su ropa huele casi a podrido. A Mandarino, atildado y chulo, le da asco; pero se lo calla. Tiene cierto miedo a las reacciones imprevistas de su camarada.

Ángel Turro se sienta en una banqueta, apoyando los brazos en la mesa.

—¿Sabes lo que he soñado?

—Cualquier cosa.

Turro se desgaja papeles del pecho y los tira a un rincón. Se alisa el pelo de la cabeza, mira la huidiza luz de la ventana.

—Soñé con praderas. Yo era un caballo cimarrón. ¿Sabes lo que es un caballo cimarrón?

—Desde que andaba a gatas.

Turro se frota las sienes, como si tratara de evitar que el recuerdo se borrara.

—Yo era un caballo cimarrón y...

Mandarino, aburrido, se levanta.

—No me interesan los sueños. Voy a tomar un poco el aire.

—¿Para qué me has despertado? —quiere saber Ángel.

—Para que no te comieras tú solo toda la hierba.

La calle recoge el tránsito tranquilo de los que habiendo acabado la jornada tienen miedo a la mediocridad de sus hogares. Corren los chiquillos. Sentado en un poyatón, Julio observa al mundo. Del mundo, a lo lejos, distingue a Piccardo. En cierto modo, es una consigna. Se puede ver si alguien le sigue. No le sigue nadie. Así lo expresa, moviendo negativamente la cabeza. Piccardo recoge la señal y sin decir nada se mete para dentro.

Quisiera ser tan alta como la luná, como la luná...
Para ver los soldados de Cata-luñá, de Cata-luñá...

Cantan al corro las chiquillas, arrastrando los acentos. En el balcón de enfrente, un poco a la derecha, en la casa de los esgrafiados, una muchacha observa la calle, de codos sobre las rejas. Julio le guiña un ojo. Es dudoso que la mujer lo note, por lo menos no da señales de haberse enterado.

De Cataluña vengo de seervir al rey, de servir aal rey,
con licencia aabsoluta de mi co-ronel, de mi co-ronel...

Por el otro extremo de la calle viene Largo Serena. No, no viene; da media vuelta y se vuelve. Julio aprueba, mentalmente. La chica del balcón está mirando a las niñas del corro. Pasa una bicicleta y el corro se deshace.

Se están haciendo borrosas las figuras. El crepúsculo es largo y pacífico. Cada vez se notan más las luces interiores, trascendiendo a la calle. La mujer del balcón se retira. Salen madres afanosas, oliendo a carbonilla, llamando a sus retoños. Julio termina su cigarro. Largo Serena, con un paquete de libros bajo el brazo, se acerca por la acera de enfrente. Julio baja la cabeza, asiente y el fallido estudiante penetra en la casa. Julio termina su cigarro, lo arroja a la calle, suspira y trata de agarrar un pretexto. La taberna, cosa rara, queda lejos. Se vuelve.

—Cierra la puerta, ¿quieres? —dice Piccardo.

Ceremoniosamente, Julio obedece. Largo Serena es una sombra borrosa junto a los libros, una sombra que dice:

—Se ruega hagan sus necesidades antes de chapar las puertas.

Como si entonces se acordara, Ángel Turro se levanta, tropieza con Mandarino y sale. Julio entorna la puerta y tantea hasta encontrar la mesa. Se tumba en ella. Piccardo coloca una arpillera en la ventana y enciende la luz, una bombilla lateral, de escasa potencia. Regresa Turro. Julio se incorpora para verle cerrar la puerta. Cerrar bien la puerta.

—Esto es peor que la cárcel —dice Mandarino—. Estoy harto.

—Lo mismo dicen desde arriba —gruñe Piccardo.

Lo interesante del anuncio hace que todos le miren. Largo, más ligero, pregunta:

—¿Los has visto?

—¿Crees que soy tonto? No he vuelto, ni volveré seguramente en la vida...

Aunque condicionada a una extraña reserva, la categórica afirmación de Quirino sorprende. ¿Acaso era aquello lo convenido? ¿Tanto el triunfo como el fracaso significa el ostracismo?

—De cada diez camaradas, cinco son chivatos. No, no he vuelto por el local. Mirad el periódico.

Y tiende un diario a Largo, señalando con la presión de una uña determinado párrafo. Largo lee primero para sí, luego en voz alta:

—La justicia del pueblo tarda demasiado. ¿Hasta cuándo tenemos que estar esperando...?

Y con tono de voz diferente, comenta:

—Muy ingenioso.

Y deja el papel encima de la mesa. Mandarino lo toma, lo arruga, lo convierte en una bola y lo tira contra una pared.

—Tengo hambre —dice—. Dame algo, Quirino; algo sólido, algo de lo que come la burguesía.

Piccardo le alarga un paquete.

—Toma. Pero ponte derecho. Es de mala educación poner el culo en la mesa mientras se come.

Julio, risueño, dice:

—Jamón, ¡qué asco! Atún escabechado, ¡qué asco!

Ángel Turro se acerca y participa del festín. Al otro lado de la mesa, Largo Serena juega con una figura de barro, un perro, que de puro estilizado parece un caballo de mar. Piccardo, activo, reparte montones de libros, examina la prensa, aparta los potes de engrudo.

Julio bebe agua de un botijo. Busca con la mirada algo que no encuentra.

—¿Qué quieres? —dice Quirino.

—Nada. Sí, algo; estar lejos de aquí.

Largo suspende su juego y guarda la figura en un bolsillo. Mira a Julio.

—¿Tienes miedo?

—Ahora que hay luz, antes de que Quirino se coma la bombilla, mira, ¡mira todo esto! —dice Mandarino.

—Ya estoy mirando.

Julio, encogiéndose de hombros se coloca bajo la arpillera y dice:

—¿No os dais cuenta? Esto es una trampa, una trampa mortal. Cuatro hombres aquí encerrados, sin una salida, sin... ¿No os dais cuenta?

—Calla, hombre —gruñe Piccardo—. Nos damos perfecta cuenta. Cada hora que pasa me quita un mes de vida. ¿Crees que somos tontos?

—¿Por qué estamos aquí, entonces?

—Mi miedo es algo diferente —dije Turro.

Julio, iracundo, se vuelve a él.

—¡No es miedo, Ángel! Es que..., bueno. Decidme por lo menos que pensáis lo mismo que yo.

—Claro, hombre, ya te lo dije —dice Piccardo—. Siéntate, camarada.

—Es una trampa frente a otra trampa. Un tigre, dos tigres, tres tigres —dice Turro.

—¡Estúpido! —apostrofa Julio.

Turro se levanta suavemente peligroso. Largo Serena le coloca las manos encima y le hace sentar otra vez. Julio no se ha dado cuenta de la maniobra.

—¿Apago la luz? dice Quirino.

—Espera un poco. Contesta. ¿Qué esperamos?

—Ya lo sabes. Evita que alguien pueda oírnos.

—¿Quién puede escucharnos?

Irritado, Quirino se le sacude de encima.

—¡Dios, o la santísima Virgen! ¡Déjame en paz!

Julio Mandarino ríe sin ganas.

—Eso, enfádate, responsable, todo porque te digo

que esto es una trampa. ¿Qué harías si llamasen a esa puerta en estos momentos?

Todos miran. Suena una llamada. Tiesos, como palos de la luz, los cuatro hombres quedan mudos, también; como palos de la luz, también.

Quirino se decide, cruza la puerta, al tiempo que hace una seña a Turro y Largo Serena para que se aparten de la vista.

—Dice mi madre que si le prestan un libro —pide el hijo de la portera.

—Con mucho gusto, hijo —dice Piccardo—. Espera un poco que lo busco.

—Oye, niño —dice Julio desde su puesto—; dile a tu madre que leer de noche hace daño a los ojos.

—Bueno —dice el chico—, ¿y qué?

—Toma —dice Piccardo—, éste le gustará. Se titula «El rey moro y la cristiana» y es muy instructivo.

Sin comentarios, el niño recoge el volumen y se larga. Quirino cierra la puerta y apoya luego las espaldas en la madera.

—Esto es lo que hago, Julio —dice—, cuando llaman a la puerta.

Julio se encoge de hombros.

—No siempre llamará un niño, Quirino.

—Reflexiona un poco —musita Quirino—. No tenemos armas, no tenemos nada; nada hacemos. ¿De qué nos pueden acusar? Aun en el supuesto de que estemos vigilados, ¿les interesaría tirar tan pronto del hilo?

Julio se seca el sudor que le cubre la cara.

—Calla, calla —dice—, que me estará doliendo la barriga y todavía dirás que es por mi bien.

Pero está más tranquilo y lo demuestra palmoteando las espaldas de Largo Serena.

—Largo, ¿dónde has dejado «La conquista del pan»?

Largo, sin contestar, observa a Turro.

—¿Cómo te encuentras, Ángel? —pregunta.

—Me parece que tengo fiebre.

—Déjame ver.

Y se acerca. Y le pone la mano en la frente.

—Sí. Tienes fiebre. Escucha, Quirino, éste tiene la cabeza caliente.

—¿Cómo crees que la tengo yo? —refunfuña Quirino.

—Soñé que era un caballo cimarrón —dijo Turro.

—¡Venga, hombre...! —clama Julio Mandarino—. No empieces. Vete al camastro, aunque luego lo dejas que da asco, con tanto sudor y tanto papel de estraza con sabor a cazalla. Podría irse, Quirino, ¿no te parece? ¿No te parece, Largo?

—No —dice Turro, seco—. Me quedo. Ésta es la última faena que podré hacer por la Federación. Lo presiento.

Largo mira a Julio, Julio mira a Quirino, Quirino les mira a los dos.

—Ángel, maño —pregunta Julio—, ¿estamos incluidos nosotros también en tu presentimiento?

—No contestes —interfiere Largo.

Turro no lo pensaba hacer, según lo que hace. Levantarse, palparse las sienes y caminar hacia la habitación interior.

—Come algo, Quirino —dice Julio, alargando los restos del banquete.

Quirino deniega el ofrecimiento. Ordena la mesa, las sillas, se acerca a la llave de la luz.

—¿Listos? —pregunta.

Y apaga. La oscuridad pesa, envuelve, duele. Durante un largo minuto nadie se mueve. Luego: unos pasos tanteando el terreno, unos golpes, un jadeo. Salta la arpillera. Un cono de luz amarilla cae sobre la mesa.

—Bien —dice Quirino—, de algo estamos seguros. Éste es el sitio.

—Sí —dice, preocupado, Largo Serena—. No se esconde, desde luego. Casi lo hubiera preferido...

—Podíamos... —insinúa Mandarino.

—Sí. Con las manos, claro —refuta Piccardo.

—Pero, ¿has pensado ya cómo lo haremos?

Quirino Piccardo esconde la cabeza entre los hombros. Y dice Julio:

—Yo lo veo muy sencillo.

—No es sencillo, Julio. Desde Pardinas no se hizo nada más complicado y difícil (1).

—No exageres —dice Mandarino—. Yo conocí a Sancho Alegre.

Piccardo ríe. Y dice:

(1) Manuel Pardinas mató, en plena Puerta del Sol, el día 12 de noviembre de 1912, a don José Canalejas, jefe del Gobierno.

—Sí. Y yo a John W. Booth y a León Czolgozs.

—¿Quiénes eran esos tipos? —pregunta Mandarino, tratando de repetir los nombres y fracasando.

—Se cargaron a Lincoln y a Mc Kinley —informa, suave, Largo Serena.

—Me dejas como estaba —insiste Mandarino.

—Ya te lo explicará con más tiempo —ríe, otra vez, Piccardo—. Fue muy lejos y hace mucho tiempo (1).

—Estáis llenos de misterios.

—No. De Historia, Julio.

—Bueno, pues sigue con el cuento...

Quirino, serio, trata de explicar.

—En serio, al que conocí fue a Ramón Murull. Quiso hacer lo mismo que nosotros...

—¿Lo mismo? ¿Estás seguro que lo mismo? —dice Julio.

Piccardo espanta las moscas de la interrupción.

—Digo, que lo intentó. ¿Sabes dónde?, a la misma puerta del Palacio. Era gobernador Larroca, de triste memoria para nosotros. Larroca persiguió... (2).

—No nos digas lo que hacía Larroca. Dinos lo que hizo Murull.

—Fracasar. Disparó a bocajarro, cuando el fulano estaba sentado en su carruaje, a la puerta del palacio.

(1) John W. Booth, actor loco, asesinó al presidente Abraham Lincoln el día 14 de abril de 1865. Y el anarquista León Czolgozs, al presidente Mc Kinley, en 1901.

(2) Ramón Murull Comas trató de matar al gobernador civil de Barcelona, con una pistola, el día 25 de enero de 1894.

Sólo le hirió en la boca. Y ya ves si era sencillo, entonces...

—Estaría nervioso.

Piccardo, antes de contestar, se inclina para ver algo que pasa por la calle. Luego, vuelve a tomar el hilo.

—Sí, estaba nervioso. Estar nervioso es necesario.

Largo Serena, pedante, interviene.

—Entonces no tenían hombres eficientes ni experiencia. Eran locos sueltos, locos de la idea...

—Espera, Largo —interrumpe Quirino—, nos vas a soltar tu teoría del atentado y la violencia social. Y hoy, no; otro día, cuando estemos más aburridos.

—A mí me gusta escuchar al estudiante —dice Mandarino.

—A ti y a alguien más —insinúa Piccardo.

—¿Qué quieres decir? —pregunta Largo Serena.

—Poca cosa —dice, con un esfuerzo, Quirino—. Luisa ha vuelto esta tarde a casa con un juguete como el que ahora tienes tú en la mano...

Mandarino comienza a reír suavemente, hasta que Turro le coloca la mano en la boca. De todas formas, escuchar a Quirino Piccardo es apasionante.

—¿Te estás viendo con Luisa, verdad, estudiante?

—Sí. Esta tarde he tirado al blanco en la verbena —dice Largo.

Mandarino ríe ahora escandalosamente, sin que le detenga la patada a los riñones de Turro.

—¡Tirando al blanco y en la verbena! Jooo, jooojo...

¡ay, madre, que me muero...! ¡Ay, no pegues, Ángel...! Jo, jo, jooo.

Piccardo, tras contemplar con asombro a Mandarino, prosigue lo que no sabe si es orden o queja.

—Bien, bien; te has estado viendo con Luisa, mientras nosotros estábamos aquí, o estábamos allá, acumulando horas. Me lo temía y es algo que no me importa demasiado a la luz del día; pero que sí me importa ahora cuando estoy nervioso, y tengo frío, y me llega la vaharada tibia de cuando está tumbada a mi lado.

Hasta Mandarino está callado. Quirino habla frío y monocorde; Largo, escucha caliente y asustado.

—Podría pegarte una patada en la boca, o un botellazo, o más sencillo, echarte fuera del asunto. Pero, vamos a dejarlo, Largo Serena, compañero y cómplice; vamos a dejarlo, pero no nos sueltes ahora discursos sobre idealistas muriendo por la causa; no nos hables ahora de los trabajadores con corbata iluminando los senderos de la violencia social. No nos hables de lo poco eficientes que eran aquellos hombres, comparados, por ejemplo, con nosotros. No nos hables, por favor, cuando tú has podido ir a divertirte con la mujer de uno de esos locos. No volverás a ver a Luisa. No volverás, siquiera, a salir de aquí. ¿Entendido?

Serena, sofocado, pregunta:

—¿Y Luisa? ¿Qué le dijiste a ella...?

—Nada. No le dije nada, todavía.

En la penumbra se ve el brazo de Largo Serena abatirse. Y se escucha un ruido de cosa rota.

—He roto la figura, Quirino; era un galgo ruso, era...

Mandarino interrumpe, riendo, aunque de forma insegura.

—¡Qué grandes somos! —dice—. Todos renunciamos a algo. Yo, al vino. ¡Que nada distraiga el poderoso brazo de la justicia popular!

Y añade, tras una pausa.

—Tango...

3 El estrecho abrazo se deshace. El calor se remansa. Irrumpe en la estancia el murmullo sin palabras del cansancio. Y se rompe, parcialmente, el aislamiento de los seres humanos. En un rincón arde una lámpara pequeña.

—Gracias —dice el hombre.

—¿Por qué? —dice la mujer.

—Salomón, que era un sabio, cuando el frío de los muchos años le hacía temblar, se acostaba entre dos esclavas jóvenes, una a cada lado. Se calentaba con juventud.

—Salomón, ¿era judío?

—Sí. Rey de Israel.

La mujer medita.

—Bueno, ¿y qué tiene que ver contigo?

El hombre ríe.

—Nada, mujer. Te ponía un ejemplo. La juventud

se pega. Se pega todo. Ir con personas jóvenes es ser joven. El que anda con viejos parece viejo...

—No me gusta, Luis, que siempre andes en comparaciones de viejos y jóvenes. Tú no eres viejo...

Don Luis de Arencibia medita y dice:

—La verdad cs que me quejo demasiado. No volveré a hacerlo, Lola.

—Así me gusta, hombre. Dime, ¿se te ha pasado ya el enfado?

Su excelencia se levanta, arregla sus ropas, se acerca a la ventana y coloca sus manos sobre el cristal.

—¿Qué decías, Lola?

—Déjalo...

—No estoy enfadado, ¿para qué?

—Pero lo estabas el lunes —dice Lola.

El hombre se vuelve, para contemplar el abandono de la amada. Sonríe.

—Adela se ha escondido, ¿verdad? No la he visto al entrar.

—Tiene miedo. No te das cuenta, Luis, pero das miedo cuando te pones tan tieso.

Preocupado, el hombre vuelve cerca de la luz y se sienta en una butaca. La muchacha salta de la cama y le coloca una manta encima de los hombros. Abstraído, él deja hacer.

—Mejor es que ignores algunas cosas.

El hombre hace esfuerzos por no revelar el secreto. Hace ya días que abandonó el intento de no pensar ni siquiera para sí mismo. Sus esfuerzos de ahora son evitar la comunicación.

—Pero no pasa nada, no te preocupes...

Resuena, lejos, un estruendo, un petardo o una bomba. Algo anormal en la taquicardia de la ciudad. Don Luis se vuelve hacia la ventana.

—No sé si podrás comprenderme, Lola; pero amo a esta ciudad. ¡La conozco tanto! Me llegan escritos de todas partes. Sus hombres se denuncian unos a otros; unos piden, otros regalan. Los obreros se quejan de los patronos. Los patronos claman contra los obreros. Nacen pequeños problemas cada día, sin resolverse los antiguos...

—¿Es que nadie está contento, Luis? —dice ella.

—Hueles a mujer hermosa y limpia, Lola. Hueles a sudor amoroso. Dame la mano.

—No, que es muy incómodo...

Gruñe el hombre:

—¡Demonios! He aquí que te tiendo mi mano y la rechazas. También la rechazan muchos. Dime, Lola, ¿no me encuentras ridículo envuelto en esta manta?

La muchacha, sentada en el suelo, a la turca, medita.

—Pues, no. No te hubiera traído la manta, comprende.

Al hombre se le arruga la frente.

—Buena razón...

—Tienes mucho miedo al ridículo, Luis.

—¿Lo parece?

—Lo dices.

Al hombre le sale una arruga más.

—Trato de entender eso, Lola. A lo mejor es que tengo miedo, sólo miedo.

—Ya estás con tus cosas raras...

Se limpia de arrugas la frente varonil.

—Soy un señorón y tú una chica sencilla. Te doblo la edad. Soy un excelentísimo señor. Lo soy, por lo menos, cuando no me abandono, como ahora. Me preocupa quedar bien. Quedar bien es importante, Lola.

—Ya lo sé.

—Lo adivinas, que es casi lo mismo. Me preocupa no saber qué decirte, Lola. Me preocupa llenar con «algo» este tiempo que paso contigo.

—¿Quieres un poco más de té? Está casi frío, pero bien azucarado quita la sequedad de la garganta. ¿Qué haces, Luis?

—Ovidio decía: «Cuando estés con la amada, deja que la mano izquierda se pierda».

—Pero ésta es la derecha. Además, la necesitas para tomar el té.

—No quiero té. ¿Dónde dijiste que está Adela?

—Se fue al cine.

Decae la conversación. El hombre siente sueño, un sueño de nervios calmados. Lola, que ha dormido diez horas, está muy despierta. Dice:

—¿Por qué no están contentos?

—¿De quién hablas?

La muchacha señala el balcón, la calle.

—Ésos. Los que dices que se quejan, hagas lo que hagas.

—Eso mismo. Porque haga lo que haga se quejan.

—¿Y no hay nadie contento?

El hombre hace esfuerzos para alejar el sueño.

—Sí. Hay muchos. Pero ésos no dicen nada. Tengo sueño, Lola.

—Pues, duerme.

—¿He dormido alguna vez estando contigo?

La muchacha reflexiona. No se acuerda. En el fondo, ni le importa. Pero quiere halagarle.

—No. Me parece que no —dice.

—Entonces, no quiero hacerlo ahora. ¿Por qué habría de ser diferente?

—¿Por qué ha de ser igual?

Aquello no tiene contestación y el hombre cansado no se esfuerza en modificarlo. Algo roza, exteriormente, los cristales. Es la lluvia. Pensar en ello, hace más grata la convivencia silenciosa. El hombre, por fin, dormita. Lola, observa al amante. Está intrigada; no sabe si quiere el hombre que tan íntimamente se confía. Seguramente no; lo acepta, incluso agradece su dedicación. Es demasiada la artificial distancia que los separa para que, en igualdad de condiciones, reflexione en algo tan grande como el amor, que si algo es, es igualdad.

Lola recuerda a un pintor paisajista que estuvo alojado en casa de la tía Montse. Estuvo enamorado de ella. Y ella debió quererle, porque se entregó a él. Lo sucedido no lo sabe nadie, ni siquiera la tía Montse. Era un hombre ya maduro, atormentado. O lo decía él. Se llamaba Felipe y era andaluz. Hizo que fuera a su cuarto, por la noche. No quiere acordarse de aquello. No lo sabe nadie.

—¿Qué piensas? —es el hombre, que se ha despertado.

—En ti —dice ella, sin esfuerzo alguno.

El hombre saca la mano para observar la hora.

—Es tarde. Habré de marcharme —dice.

Pero se rebuja más en la manta.

—Tengo miedo a salir a la calle, con esta lluvia, con esta soledad.

—Todos dicen que eres un valiente —dice Lola.

—Todos ponen un grano de arena en mi sepultura, Lola.

—Te dieron una medalla muy gorda en África, ¿verdad?

Don Luis ríe, contento, ante la falta de malicia.

—Gorda, no, Lola. Muy alta. Las medallas que da la patria se colocan sobre el corazón. ¿Sabes dónde está el corazón?

—Sí. Aquí —y la mano de Lola se posa, nerviosa, sobre el pecho de Luis.

—Sí, aquí, África..., África —dice él, con un extraño y tierno acento.

—Es nombre de mujer —dice ella.

—Es posible. Tengo que irme, Lola. Anímame...

Ella niega. Está desconcertada. Nunca ha visto a su amado tan íntimo, tan entregado.

—Si siempre fueras así, Luis... —dice, insinúa, cuelga.

—¿A qué te refieres? No; espera que comprenda por mí sólo. Y ya ves lo que son las cosas, lo equivocados que podemos caminar los hombres. Yo estaba descontento de mí mismo, hoy, esta noche. Puede ser tan ridícula la confrontación de dos seres tan dispares como nosotros. ¿Podrías explicarte, Lola?

Lola se acurruca junto a las piernas del hombre.

—Me pasa lo mismo que a ti, Luis.

—No; lo mismo no —dice él, desolado.

La mujer, viendo la tristeza de él se conturba.

—Luis, Luis...

—Sigue, Lola.

—Quiero decir, Luis, que esta noche también estoy bien porque he descubierto una cosa.

—¿Que soy débil? ¿Que soy como todos?

—¡Luis! —dice ella, dolida—. Yo no sé cómo serán todos. No soy una...

—Calla y perdona.

Lola no sabe si continuar. Lo hace, escogiendo bien las palabras, hablando despacio.

—Tú eres el dueño de todo esto, de las flores que huelen, del pan que tuesta Adela, de las sábanas limpias. Y yo esperaba al dueño de todo, que por serlo, lo era también de mí.

—No te detengas, sigue.

—Y hoy he descubierto —dice ella, entre rubores—

que yo puedo ser más dueña que antes, porque puedo ser dueña de ti. ¡Quiero ser tu dueña, tu ama!

Don Luis se levanta y dejar caer la manta. Está preocupado.

—Lo que dices es muy bonito, Lola. Pero si es eso lo que has pensado y que quizá sea cierto, te equivocas...

Lola llora. Llora un poco avergonzada, un poco dolida.

—Yo estaba descubriendo algo...

—Espera, chiquilla —dice el hombre—, es preciso que comprendas una cosa. En mí hay un sentido del deber... ¡Oh, Dios!, ¿por qué hablar así a una muchacha? Déjame marchar, Lola.

—¡Vete! ¡Vete ya...! Te estás queriendo marchar desde que te has hartado. Y no quieres complicaciones...

Desconcertado, el hombre fuerza a la mujer para que le mire de frente.

—Escucha, Lola, por favor... ¿Escuchas? No quiero complicaciones sentimentales, es cierto, pero no porque te desprecie o porque me sobrevalore yo mismo. No es eso.

—Claro que es eso, señorón.

—No...

El hombre suelta a la mujer. Recoge sus prendas lentamente. Se viste. Llora ella. Ya vestido, él se vuelve a sentar en el sillón.

—Te pido permiso, Lola, para marcharme. Otro día

te explicaré lo que hoy es tan difícil. Te pido permiso incluso para eso, para explicarte con dilación lo que estoy pensando.

—Vete, vete de una vez...

—Lola, por favor... ¿Y si te dijera que existe algo que me obliga a ser rígido como un palo? ¿Y si te dijera que debiendo ser indiferente ante la muerte, debo serlo, por la misma ley, ante el halago? En fin, ya me has hecho dar una explicación... —dice él, e intenta bromear—. Ya no necesitas darme permiso para nada.

—¿Cómo puedo darte permiso, si te niegas a ser mío? —dice Lola.

—Si pudiera hacerte cuadrar, y dar media vuelta mar, como hago con Octavio Camilo, todo sería sencillo. No puedo hacerlo..., contigo. Pero lo hago conmigo, ésa es la diferencia, ¿comprendes, Lola?

—No.

—Anda. Acompáñame a la puerta.

En silencio, ella recoge una bata y se envuelve en ella. Don Luis se despide de la estancia con una mirada prolongada. Ella delante, encendiendo las luces, llegan ante la puerta.

—Luis —dice ella, vencida—. Algo ocurre y tengo miedo.

—Para que no lo tengas me lo estoy aguantando yo. Anda, sonríe...

—¿Cuándo volverás? —pregunta Lola.

—El viernes, aunque se hunda el mundo. Vendré los

lunes y viernes, dos días tristes que necesito que me alegres.

—Si me dejas —aduce ella, lógicamente.

—Aunque no te deje —responde su excelencia.

Y antes de marchar, en un ramalazo de ternura, la estrecha fuertemente sobre su pecho.

—Junto a mi corazón, Lola —dice.

Y, avergonzado quizá, la suelta, abre la puerta y baja la escalera.

—¡Oh, perdón!

Ha tropezado con una sombra, que desde la calle pretende entrar.

—Buenas noches, Adela —dice su excelencia.

—Don Luis, don Luis —repite Adela.

Quedan los dos quietos, indecisos, violentos. Ha cesado de llover, pero gotean los aleros.

—Adela —dice don Luis—, he pensado en ti. No hubo indiscreción por tu parte.

—No; no la hubo.

—Pero hiciste algo que tampoco me gusta. No me gusta, por ejemplo, que nadie influya en mi destino. Nos estamos mojando, Adela.

—Es verdad. Perdone, don Luis.

—Ya me voy. Cuídala, Adela.

—Sí, claro; sí, don Luis.

—Bueno, no te aturrulles. Adiós.

Y don Luis se marcha, por el centro de la calle, con su pecado y la medalla de la patria a la altura del corazón.

4 Ha cerrado el día. Antes de colocar la arpillera, Piccardo entra y sale. Largo Serena dormita sentado en una silla, con la cabeza en la mesa. Mandarino está ilustrando obscenamente las páginas en blanco de algunos libros.

—Ese hombre está peor cada día —dice Piccardo.

Mandarino, que es el único que le oye, levanta la cabeza. Dice:

—Mándale al hospital.

—Si supiéramos qué es lo que tiene...

—Miedo, Quirino —suelta Julio—. Yo también lo tengo. Si tardamos mucho tiempo más yo también tendré fiebre, mucha fiebre, montones de fiebre.

—Calla, hombre, que con uno ya es suficiente.

Mandarino arroja el libro contra una pared y se estira. Mira con repugnancia la comida que hay a un lado de la enorme mesa.

—¿Y si se nos muere? —dice, por fin.

—Aguantaríamos con él hasta que oliera. Y cuando no pudiéramos más, lo cargaríamos a hombros, o en el carrito de los libros y lo tiraríamos en un estercolero.

Quirino habla con tal serenidad que Julio duda si siente lo que dice. Le molesta aquella crudeza y, por no seguir el tema, sacude al que duerme.

—Vamos, Largo, que te toca entrar en escena.

Largo despierta instantáneamente. Quirino, que le observa, aprueba con un gesto la rápida introducción del otro en un mundo diferente.

—¿Y Ángel? —pregunta, suavemente, Largo.

—Ahora, duerme.

—Antes deliraba y decía cosas tremendas —dice Serena.

—Anda, Julio, llévale al hospital —ironiza Piccardo.

Julio no contesta. Está flexionando las rodillas, jugando con las articulaciones.

—Y el pulso, Julio, ¿también está suave?

—No lo sé. Pero eso es fácil de remediar, Quirino.

—Dime de qué forma.

—Acercándose. ¿Quito el saco?

Quirino mira su reloj y se encoge de hombros.

—Es pronto, pero hazlo. Me encuentro mejor cuando estamos ahí, sentados como bobos.

—Yo también —dice Largo.

—Apaga la luz.

Largo Serena afloja la bombilla. La situación ya es conocida. La oscuridad, antes de ser refugio, es tortura. Necesitan pasar por el trago. Julio, moviéndose por instinto, retira el cubreventana y pega la frente a los cristales. Desde allí, habla.

—¡Qué días! A veces me gustaría saber lo que piensa la parte de enfrente.

La voz de Largo Serena llega desde un nivel inferior.

—A mí también. Es curioso, pero me preocupa ella, la muchacha.

Quirino no se resigna a callar. Necesita hablar para saberse en la oscuridad.

—Es que tú, Largo, conservas la leche de la madre.

—No sé si lo dices como insulto o como elogio, Quirino —dice Largo.

—De todo un poco. ¿Cómo está la calle, Julio?

—Como siempre. ¡Qué ocasión tuvimos el otro día! Ganas me dieron de salir corriendo.

—Sí, con la criada a la puerta, viendo como el otro se largaba.

Julio se separa del cristal. Su voz se escucha sin resonancias.

—Ya van dos veces, ¿habrá una tercera?

—Y una cuarta, y una quinta...

Quirino salta encima de la mesa, tantea y encuentra una silla.

—Si mis observaciones no mienten, hasta las diez o diez y media no tenemos prisa.

—No tenemos prisa de ninguna manera, recuerda —dice Julio.

—¿Qué te pasa hoy? —quiere saber Piccardo.

Mandarino bromea:

—¿Hoy? Lo mismo que ayer, y que anteayer, incluso el otro, que no sé cómo se llama.

—Se llama martes. Y él vino el lunes —dice Largo.

—Gracias, matemático: déjame pensar. Hoy, entonces, es viernes. ¿Tienes a mano una margarita? No, claro, no se echan margaritas a los puercos. Pero, puedes darme un libro, uno de esos libros, opio de los pueblos. ¡Muera la cultura, Largo!

—Calla, hombre, no berrees ahora —regaña Quirino.

Más que por el tono admonitorio, Julio calla porque escucha un rumor de pies arrastrándose. También los escuchan Largo y Quirino. Y los tres sienten frío.

—Buenas noches —dice Ángel Turro, desde la distancia, desde su oscuridad—. Ponme debajo un asiento, Largo.

Rápido, Serena se mueve y toma del brazo a Turro, lo lleva hasta la mesa. Se escucha como Julio y Piccardo expulsan el aire de sus pulmones.

—Ni una película de vampiros —dice Julio—. Pero, Ángel, ¿es que tú te pones o te quitas la fiebre como si fuera una chaqueta?

—Os oía entre sueños. Y de repente me encontré con ganas de venir. Hoy vendrá, lo sé —dice Turro, sencillamente.

—¿Quién te lo ha dicho? —quiere saber Julio.

—El Ángel de la Muerte.

Quirino refunfuña:

—Esto va oliendo mal. Mira, Ángel, prefiero que el angelito ese se quede en casa y las cosas las sepamos por nosotros mismos.

—Era una broma —dice Turro—. Sin embargo, sé que vendrá.

—¿Sabes también la hora? —inquiere Mandarino—. Porque entonces podría echarme a dormir un rato.

—No te rías.

—¿Reírme? ¿Crees que me quedan ganas? Me echaría a llorar si alguien pudiera comprenderme. Di la verdad, Ángel, ¿cómo te encuentras?

—Muy flojo; pero no tengo frío.

En la calle, amortiguadas, suenan unas pisadas. Unas piernas se detienen, justo, frente a la ventana. Más gruesas que los barrotes, parecen columnas. Julio y Quirino se retiran hacia ambos lados de la obertura. Junto a la mesa, Turro y Serena quedan petrificados.

Las piernas oscilan, se mueven. Luego, ocurre algo distinto, algo que no se comprende. Se achica la luminosidad, como si creciera el obstáculo, nacen otros tentáculos y pronto el borroso contorno de una cara humana se pega a los barrotes, queriendo saber lo que ocurre dentro. La cabeza se levanta. Julio y Quirino retiran hacia ellos, hacia la pared, las sillas que ocupaban. En el suelo, Turro y Largo se agachan y meten debajo de la mesa.

Y desde allí ven cómo la luz de una linterna trata de taladrar torpemente la oscuridad. La rejilla impide parcialmente los movimientos; penetra la luz, pero no desde un ángulo acusador. El rayo de luz deja lunares en la pared. Al cabo, la luz se apaga, los gestos escrutadores desaparecen al desaparecer la cara. Y casi en seguida desaparecen, también las columnas humanas. Se escuchan, por un igual, la respiración de Ángel Turro y el reloj de Quirino.

Turro comienza a reír bajo la mesa. Largo tantea y le pone una mano en la boca, que el otro aparta, aunque cesando a su vez en la extraña euforia. Y esperan.

—¿Qué significa eso, Quirino? —dice, al cabo, Mandarino.

—¿Cómo quieres que lo sepa? ¿Por qué reías, Ángel?

—Me figuré por un momento que eran ladrones.

Callan todos. Realmente, entender lo que se habla, tan en baja voz, cuesta un esfuerzo demasiado grande para ser sostenido. Todavía Julio y Piccardo están apoyados a los lados de la ventana.

—Es la trampa, recuerda —dice Mandarino, audiblemente.

Turro abandona la trinchera de la mesa y se sienta como antes estaba. Le sigue Largo Serena, que permanece de pie.

—¿Salimos corriendo, Piccardo? —dice Serena.

—Lo que debes hacer, Largo, es hablar. Habla, te lo pido por favor. Dinos algo, echa un discurso...

—Yo no estoy asustado —dice Turro—, no necesito discurso.

—¿Miedo...? ¿Quién dice miedo? —gruñe Mandarino.

—Habla, Largo —sigue diciendo Piccardo.

—Los hombres somos como las cebollas —dice Largo.

—¿Qué estás diciendo, hombre?

—Que somos como las cebollas. Tenemos capas, una para cada color, una para cada sentimiento. Si tenemos el valor de irlas quitando, llegamos al centro purísimo del yo...

—¡Qué hermosura! —dice, incorregible, Mandarino—. ¡Lo que aprende uno sentado en la oscuridad!

—Sigue, Largo —ordena Piccardo.

La voz monótona de Serena es como un chorro de agua fría.

—La capa más fuerte es la de los impulsos sexuales, la más honda la del instinto religioso, la más tenaz y agresiva la que impele la ambición. Nadie sabe lo que otro hombre puede dar de sí hasta haber perforado sus capas. ¡Curiosa cosa es el ser humano! Freud, que ahora está de moda, dice que la psiquiatría es como una perforadora, que va apartando las capas hasta encontrar el petróleo de la verdad.

—Petróleo en una cebolla... Te entiendo perfectamente, Largo.

—Para Freud, la simplificación máxima del ser está en el sexo. En todo hombre hay un impulso sexual reprimido. Y los busca, y los encuentra, para arrojarlos a la diana vital del hombre, como explicación de sus actos. Me refiero a los complejos, a esas fuerzas oscuras que nos gobiernan. ¿Por qué viene don Luis a esta calle? ¿Por qué venimos nosotros?

—Venimos por lo mismo, pero no a lo mismo —dice Quirino.

—¿Estás seguro? Cuando la pista era demasiado débil para ser tomada en consideración, ¿por qué nos agarramos a ella? Por el instinto sexual. Nos parecía una doble victoria destruir el campo genésico del hombre. Teníamos, sin duda, envidia del hombre amador. En el fondo, estamos siendo también partícipes del festín. A mí, concretamente, me dolía la medula espinal esos días pasados, cuando su excelencia estaba amando, y nosotros lo sabíamos, y nosotros estábamos aquí, pobres idiotas de la justicia social, esperando que terminara la coyunda. Sed sinceros, quitaos las capas de la cebolla y llegad al fondo de vuestro yo. ¿No sentís algo así como ir en la cúspide de una ola de excitación? El amor y la muerte. Él tiene el amor, nosotros la muerte. Él es más rico que nosotros y por eso le odiamos. Pero no queremos matarle demasiado pronto...

—Calla... ¡calla un momento! —dice Mandarino.

Lo perentorio de la orden no tiene matiz de humorada. Quirino, con precaución, junta su frente a los cristales.

—Ella..., la criada. Sale de la casa...

Desde abajo, Largo y Turro esperan la ampliación visual del sonido. Ven cómo Piccardo se retira, precavidamente, aunque es imposible que le vean desde fuera. Siguen sus gestos. Se ve en ellos cómo la mujer se aleja por un lateral.

—Y está sola —dice Largo, obstinado, cruel—, está sola la mujer amorosa, esperando. ¿No os llega el aura erótica? A mí, sí, ahora tengo la seguridad de que él vendrá. Decid la verdad. ¿No estáis pensando en esa mujer? Cerrad los ojos, fijaos: estará desnuda, excitada, solitaria. Vamos y violémosla...

Piccardo, o Mandarino, o los dos a la vez, tienden el pie. Serena recibe la patada en el pecho y cae hacia atrás. Ángel Turro, viendo que no se mueve, lo incorpora, lo arrastra, lo deja apoyado en la pared.

—¡El muy sucio...! —gruñe Mandarino.

—Todos estamos sucios —dice Quirino.

—Lo que yo quiero es abrir una taberna —musita Mandarino— en el sur de Francia. Y sentarme a la puerta, siendo yo mi mejor cliente. Y recoger refugiados políticos, todos los que vayan, y contarles lo que hice cuando era como ellos, o más que ellos, porque, a lo mejor, ellos no esperaron tanto como hemos esperado nosotros.

—Ya se mueve, Quirino —anuncia Turro.

—Déjale.

Largo, tambaleándose, se acerca a la mesa.

—¿Quién ha sido? —pregunta.

—El falo gigante de todos los que están amando en estos momentos —dice Quirino, recordando que fue profesor de un Instituto.

—Dejadme subir ahí —pide Serena, sin rencor.

—Ven, anda —invita Mandarino, levantándose y dejándose deslizar por la mesa.

Serena, torpemente, se sube a la mesa, se sienta y apoya la frente a los cristales.

—¿Por qué me has pegado, Quirino? —dice.

—Quizá porque me acordé de Luisa, quizá porque estabas diciendo la verdad. Cuestión de ética.

—La ética no es una verdad. Es una forma de pensar —dice, pensativamente, el estudiante—. Ni se busca ni se encuentra.

—Hasta los asesinos tenemos una moral —dice Quirino.

—¡Dios mío! —dice Mandarino—. ¿Ya empezáis otra vez? Antes de que me pongan otra vez junto a dos intelectuales, pido al partido que me haga ordenanza de un asilo.

—Quirino —dice Largo, tan suavemente que no le hacen caso—, Quirino, ya está ahí...

—¿Qué dices?

Largo se aparta del cristal y con un gesto cansado señala la calle. Piccardo comprende y se precipita. Y sube Mandarino, y Turro espera, fatalista.

La seca y orgullosa planta del mílite se recorta, o mejor, se funde contra la pared de enfrente. No se distingue bien el movimiento de sus manos. Pero se ve que se detiene, se inclina y que, seguidamente, las sombras se le engullen.

—¡Ha venido! —barbota Mandarino.

—Son las diez y media —dice Quirino.

—Y ella le está esperando —musita Largo.

Desde ahora, la espera será más sencilla y más difícil.

—Estoy pensando en el hombre de la linterna —dice Piccardo—. ¿Sospecharán algo?

—En todo caso, no creo que él consienta en tener protectores. Yo no los querría —dice Turro, desde su puesto, reclamando un lugar fuera del olvido.

—Recuerdo ahora —dice Mandarino— que esta tarde un sujeto asomó la cara por aquí. Ángel estaba en su camastro, tú habías salido, Quirino, y tú, Largo, no sé por dónde andabas. Conmigo estaba el chico de la portera y por casualidad estaba trabajando.

—¿Qué pinta tenía?

—Corriente. Preguntó si aquí era el taller de guarnicionero de Anselmo Fernández. Le dije que sí, que precisamente estaba arreglando una silla de montar. Se echó a reír, se disculpó y se marchó...

—Pechs...

Tratan, sin decírselo mutuamente, de ensamblar las piezas del rompecabezas.

—Quizá le estén vigilando a él.

—¿Quién...? —pregunta Julio.

—No sé... Alguien que tenga celos, o que quiera saber los secretos de los altos personajes...

—Todos los altos personajes tienen secretos... ¿Cómo te encuentras, Ángel?

—Bien.

—Vete a la cama, anda.

—No; no quiero. Quiero hacer como vosotros: esperar.

5 Los suaves brazos anudan la cadena. El negro cabello se desparrama. La tibia carne atrae el frío del recién llegado. Lola, cálida, palpa la aspereza de la ropa.

—Te esperaba —dice Lola.

—Siempre es agradable ser esperado. Llegar y decir: «Ya estoy en casa» —dice Luis—. De todas formas, ¿estás segura de que he llegado?

—Estás aquí. Te miro y te toco.

—He podido dejar allí fuera la mitad de mí mismo.

—Calla, tonto, no empieces.

Él se deja guiar por el interior de la casa hacia las habitaciones íntimas. Lola enciende las luces. Sorprendido, el hombre parpadea.

—Me cuesta hallar la intimidad, Lola. No quiero tanta luz.

—Yo sí, ea. Deja que te mire. Tengo muy poco que mirar durante el día, muy poco —se queja ella, cálida.

Huyendo de la luz, el general se acerca a la ventana.

—No, no abriré —se dice, suspendiendo el gesto—. Se escaparía algo de lo que hay dentro. Sería una lástima.

Lola no entiende bien. Exclama:

—Es mi habitación.

—No podría ser de nadie más que tuya, Lola. Y está demasiado cargada.

—¿Qué quieres decir?

El hombre se frota las manos, tratando de condensar en palabras lo que siente.

—Tiene demasiada pimienta. Es lo que parece: un nido. Me duelen, desde hace un tiempo, las cosas demasiado evidentes.

—¿Y qué tiene eso de malo? —quiere saber Lola.

—Olorosas, húmedas, chillonas, cálidas hasta el ahogo, las habitaciones de los prostíbulos repelen en seguida. Es una elegancia, un calor que obliga a tener prisa...

A Lola le sube la sangre a la cabeza. Un auténtico y salvaje odio le llega por las venas al cerebro. Quiere vomitar un pesado insulto, pero no puede hablar, no sabe por qué razón. En cambio, puede moverse.

—¿Qué haces, Lola? —pregunta el hombre.

La voz rompe el maleficio. De espaldas a la abierta ventana, que impele bocanadas de noche ventosa en la estancia crudamente iluminada, Lola es una mujer ofendida.

—Excelencia —grita ella—, si tiene usted prisa, márchese.

—¡Estás loca!

—Estoy harta, que no es igual.

—¡Cierra esa ventana!

—¡No quiero!

Don Luis, con un gesto de ira, se dirige a la mujer.

Antes de llegar se detiene. Retrocede, andando hacia atrás.

—¿Tienes miedo? —desafía Lola.

Ni siquiera la viejísima treta arranca al hombre de su estupor. Lola deja la ventana abierta, ignora al hombre y sale de la estancia.

Cuando regresa, está vestida con un traje de calle cualquiera. Don Luis ha cerrado la ventana y está sentado en su sillón. Se observan mutuamente.

—Pareces otra —dice él, lentamente.

—Por fin dices algo agradable —murmura Lola—. ¿Quieres el té?

—No. No quiero nada. ¿Por qué te has vestido?

—La cosa es evidente, aunque no te gusten las cosas evidentes. Hoy no habrá amor en este nido de amor. Y si no hay amor, ¿para qué voy a llevar el traje del amor? ¿Sabes cuál es el traje del amor?

—Calla, insensata.

—La piel fina, la hermosa piel, la caliente...

—Me voy a marchar. No siento deseos de soportar ninguna escena.

Lola se sienta en el taburete del tocador, cara al espejo.

—Lo comprendo —dice con un hilo de voz.

—¿Qué estás diciendo, mujer?

Lola se está mirando en el cristal. No es su costumbre. No se encuentra cómoda ante el implacable fiscal. Pero lo prefiere. Prefiere estar así que mirando al hombre derrumbado en el sillón.

—No digo nada.

El hombre se levanta. Frío, casi despectivo, roza con su mano el hombro de la mujer, llamando su atención. Y pregunta:

—¿Puedes explicarme...?

—No tengo nada que explicar. Te he devuelto la pelota. Vienes, te haces el interesante. Dices esto, en seguida lo contrario. Si estoy melosa muestras disgusto por el empalago; si hace calor, clamas por el frío; si te digo que soy tu dueña, me dices que te equivocas. Es precioso. El señorito, el señorón, tolón, tolón, viene, despotrica, si tiene ganas de reír, ríe, si tiene ganas de estornudar, estornuda. Y entre hoja y hoja, hace el amor. Pero si ella se sale de madre, si quiere jugar al mismo juego, la bofetada: «Tú, a tu sitio». ¿Cuál es mi sitio en esta casa?

—¿Has terminado ya?

—¡Déjame en paz!

El hombre, junto al tocador, está aguardando algo impreciso.

—Yo soy lo que soy y no voy a renunciar a ello por enfado más o enfado menos —dice al fin.

—Muy bien, hijo —puntúa ella.

—Merecerías que te pegara un puntapié.

—Hazlo. Estás calzado todavía —ella trata de humillarlo—. Otras veces estás descalzo, incluso con menos ropa, y pareces lo que eres, un pobre viejo que se calienta. Entonces no das patadas. No puedes darlas, general.

—¡Calla!

Lola se levanta y abre la puerta de la habitación. La invitación es tan cruda que incluso ella se arrepiente de haberla formulado.

—¿Es que quieres ganarme por la tremenda? —dice él.

—No quiero nada. Hemos estropeado la noche. Vete, por favor. Ven otro día, si quieres, si tienes mejor humor.

—Yo venía deseando verte.

Lola sonríe. Cierra la puerta, desalentada, y camina hasta el borde de la cama. Se sienta.

—Dime, Luis —pregunta al cabo de un rato—, cuando vas de visita a una casa, ¿acostumbras a insultar al que te invita?

—No.

—¿Por qué me insultas a mí, que te invito, que te doy cuanto tengo, aunque sea tan poco?

El hombre no contesta. Lola siente de repente gran compasión por sí misma. Se encuentra sola en el mundo, despreciada, abandonada. Y se vuelve de bruces en la cama, llorando.

Cuando se cansa de sentirse desgraciada, levanta la cabeza y escucha.

—Luis... ¿dónde estás? ¿Qué haces?

No recibe ninguna respuesta. Atiende con los cinco sentidos, hasta sentir un imperceptible escape de vapor en los oídos. Se levanta.

—¿Dónde estás, Luis?

Los sillones vacíos no contestan. La intensa luz no miente. Sale, entra. No está en la cocina, ni en el lavabo. No miente la luz que va encendiendo por donde pasa. No está. Incrédula, termina ante la puerta. Tensa los sentidos, tratando de escuchar algo todavía. Y siente la llave en la cerradura.

—¡Hola! —dice Luis—. ¿Me estabas esperando?

Lola retrocede.

—¿Qué haces con ese vestido a estas horas? ¿Es una indirecta para que te saque al teatro?

—¡Luis! —dice Lola, arrojándose a los brazos de él.

—¡Vaya, vaya! No está mal como principio —bromea el amante.

—¡He soñado una cosa terrible, Luis! —lloriquea la muchacha.

—Es natural. Me he quedado retrasado algo y te has debido quedar dormida en mi sillón. ¡Quieres que salgamos, verdaderamente!

Lola niega con un gesto. Toma de la mano al hombre y lo conduce a la salita.

—Un ambiente agradable, sí, señor —dice él—. Estoy cansado. ¿Te importa que me quite los zapatos? Tienes que alfombrar ya las habitaciones, pequeña. El invierno está llamando a nuestra puerta.

Lola se agacha y desata los cordones.

—Me gustaría tomar un poco de té, Lola. Hace casi, casi, una noche como las de Larache en invierno. Porque África, amiga mía, no es sólo el desierto, y los negros, y los leones que cree la gente. África es un continente. África... —la voz se suaviza increíblemente.

Lola suaviza la luz. Camina despacio y sale a buscar el servicio de té. Don Luis se mueve ligeramente, recoge los guantes de la mesita y se los guarda en un bolsillo. Sonríe casi con tristeza. ¿Por qué la experiencia le sirve para después, nunca para antes?

Lola se ha cambiado de ropa. Se entreabre la bata al ritmo de sus pasos menudos. Humea la tetera. Luis olfatea la infusión y recoge la bandeja de manos de la mujer. La deposita en la mesita y luego se sienta en su sillón.

—Querían hacerme ir a una función de ópera. ¡Wagner! Wagner me aturde, amiga mía. Siento ir contra la corriente en esta noble ciudad, pero soy un melódico —el hombre habla volublemente, mientras Lola le observa, suave—. Verdi, Rossini, Puccini, Bellini; todos los inis que quieras, Lola, con algo de Mozart, eso sí, y un poco de Haydn.

—Luis, encanto...

—Aficiones blandas, lo sé, pero, ¿qué quieres? Lo debí coger, el catarro lírico por supuesto, en África. Los árabes cantan como si sólo tuvieran vocales y nunca gritan. Recitan, eso es. Lo suyo no es melodía, es melopea; la diferencia de ambas cosas la explicaba, con mucha gracia, el comandante Noble...

Y de pronto, cambiando la voz, dice:

—¿Te gusta?

Lola asiente con el gesto. Entonces, sólo entonces, hace él un gesto de cansancio.

—Siempre es mejor comenzar de nuevo que rectificar —dice.

—El té se está quedando frío —anuncia Lola.

—Evitémoslo.

Beben. Don Luis hace correr su mano bajo la ropa de Lola. Se autocastiga, golpeándose en la culpable con la otra.

—Ponte cómoda, Lola. Esta noche tenemos que hablar mucho. ¡Qué trabajo me cuesta ir siempre tieso, ir recordando lo que soy y represento!

—Me doy cuenta.

—No, porque sufrirías demasiado. Déjame pedirte una cosa, Lola. No trates nunca de imitarme, ni de corresponderme. Sé sencilla. Es muy egoísta lo que te pido, pero tú eres mucho más joven, tú no tienes la obligación de tener orgullo...

—Ni llevo medallas a la altura del corazón —dice ella, sin acrimonia, serenamente.

Sospechando algo, él mira los ojos de la mujer. No encuentra nada y sonríe.

—El corazón, a veces, se me sube al hombro para estar más alto.

—Y más todavía; se te sube a la cabeza.

—También es verdad. No te vayas lejos, Lola, que quiero hablar contigo con el corazón en su sitio. Bien, empecemos: ¿Gasta mucho Adela en la cocina?

Ríen. El té se ha quedado definitivamente frío. La luz, colocada lateralmente, superpone las dos sombras.

—Dime, Luis, ¿tiene mantas el Hospital Clínico?

—¡Alto! No me toques las llagas dolorosas.

Pero le dice lo que está trabajando para que el Hospital tenga mantas.

6 Mandarino, cuando quiere fumar, baja de la mesa y se esconde en otra habitación. Pero sólo lo hace cuando la necesidad es irreprimible. Es mucho mejor estar encima de la mesa que estar abajo. No se tiene, siquiera, el incentivo del cazador.

—¿Cómo te encuentras, Ángel? —pregunta.

—Bien.

Turro es el único que no sube al observatorio. Es una presencia muda. Habla únicamente cuando se le pregunta.

—Tarda mucho esta noche —murmura, desde arriba, Quirino Piccardo.

—¿Qué harás, si destruye tus matemáticas? —pregunta Julio.

—No las destruye. La excepción confirma la regla.

—Pienso que podríamos, ahora, cuando saliera...

Largo deja en el aire la adivinanza.

—A veces, Largo, me pregunto qué haces tú en estos trotes —dice Piccardo.

—Lo mismo que tú.

—No te pregunto «cómo», ni siquiera «qué». Te pregunto ¿por qué?

—La diferencia entre cómo se hacen las cosas y por qué se hacen las cosas es de grado elemental, Quirino. No me enseñes a pensar.

—Eso —aplaude Julio—, empezar una de las vuestras.

—Si nos entendieras, Julio, hasta podrías decir tu opinión —murmura Largo.

—Mi madre decía que cuando comienzan los porqués, comienzan las desgracias. Ya ves que no eres tan sabio.

—Julio, recuérdame luego que te estreche la mano.

—Vosotros, seguid. ¿Te aburres, Ángel?

—No.

—¿Quieres escuchar?

—Me da igual.

—¿Por qué estás aquí?

Con la misma rapidez, Turro contesta:

—Porque me gusta.

Largo Serena, desde su petulancia, dice:

—He aquí, pues, que entre el cómo lo hacemos y el porqué lo hacemos, la situación se decanta por la libertad del pensamiento. ¿Por qué? ¡Otro porqué; vivan los porqués! Dime, Julio, ¿por qué estás aquí?

—Porque ya estoy comprometido.

—Y tú, Quirino, ¿por qué un viejo profesor se mete a magnicida?

—Porque odio. Y no descuides la calle, por favor.

—No la descuido. No tendría objeto estar aquí y olvidar el porqué. ¿No me preguntáis?

—Que te pregunte tu abuela —gruñe Mandarino.

—Estoy aquí porque quiero aprender.

—Eres un loco o un idiota —dice Piccardo.

Largo Serena, algo menos petulante, dice:

—Soy lo que sois vosotros. Y en estos momentos somos la rara minoría que espera en el desierto.

Tras un largo silencio, Quirino dice algo, que si tiene sentido común, no tiene valor político.

—He desconfiado siempre de los que en nombre de la Idea hacen barbaridades.

—Desconfía de ti mismo, entonces.

—Ya lo hago —dice Piccardo, sencillamente.

Largo se esfuerza en ahuyentar el silencio.

—¿Os hizo algo a vosotros, personalmente, el hombre que en estos momentos se encuentra en la casa de enfrente? ¿Le conoces siquiera, Julio, o tú, Quirino?

—Quizá lo conoció tu madre —espeta, brutalmente, Mandarino.

—No me llega tu insulto, Julio, porque es una verdad a medias. Sí, yo le conozco, es de mi clase o de la clase que podría ser mía si no hubiese renunciado a ella. La rebelión contra mi clase es la que me ha traído a Kropotkin y Bakunin. Yo le comprendo, comprendo a esa sociedad. Su excelencia representa la autoridad, una de sus bases. Otra es el capital, y una tercera, el equilibrio social llamado orden público. En realidad, el equilibrio social es a la vez potente y delicado. Y lo saben ellos. Y por eso ellos empezaron...

—¿Qué dices, Largo? No te entendemos, por lo menos yo —dice Mandarino.

—Ellos empezaron con la violencia social, Julio, eso es lo que digo. La violencia social es sólida y el equilibrio delicado. Comenzaron a ser violentos cuando introdujeron su industrialismo, que rompió todo un equilibrio social, toda una economía, todo un derecho de gentes. Fueron violentos con sólo «ser». Y luego, fueron violentos por acción expresa, cuando la otra parte del contrato social quiso volver al equilibrio. Sí; ellos, los patronos, los creadores de la riqueza social, fueron los primeros que pagaron bandas de pistoleros para amedrentar o coaccionar a las bandas obreras llamadas sindicatos, potentes en su número y su razón, pero acobardadas por siglos enteros de prejuicios. Ellos, los de esta clase, fueron los que empezaron utilizando indebidamente esos prejuicios para presentar a los obreros como rebeldes a un estado casi divino de las cosas.

Mandarino bate palmas suavemente. Turro, ansioso, escucha. Quirino tiene la frente oculta entre las manos.

—Y a eso —dice Largo, inseguro, deseando acabar— respondimos con locos individualistas, con muchachos delirantes arrojando bombas o matando en culto a la violencia. Somos, en realidad, unos pobres locos, que en vez de ayudar a la revolución la estamos retrasando. Pero siempre encontraremos panegiristas canallas que nos conviertan en mártires, como a los Ravaillac, Princip, Morral, Sacco y Vanzetti, el cura Merino, Sancho Alegre, Pardinas o Miquel Artal...

—¡Calla! Calla ya, estudiante —ordena Quirino Piccardo.

—Yo lo que quiero es poner una taberna en Francia —declara, muy serio, Julio Mandarino.

Largo Serena siente la otra cara de la fiebre. Y tiene frío. Y se encoge de hombros.

—El fuego, si es grande, quema; si es pequeño, calienta.

Turro quiere saber algo. Dice:

—Tú, Piccardo, que eres el más culto, ¿qué ha dicho Largo?

—Pues..., no lo sé bien. A lo mejor Largo quiere asar castañas en un bosque ardiendo. Escucha, estudiante: desde tu juventud, desde tu romanticismo, no desprecies a estos pobres revolucionarios. Todos somos un mismo ejército; ejército sin medallas, sin uniformes, sin desfiles.

—Perdona, Quirino. No debí expresarme bien. Quería decir que...

—Déjalo, Largo. «No explicar jamás; no disculparse nunca», como decía Disraeli.

Ángel Turro, desde abajo, agudo como un punzón, reclama imperiosamente atención:

—¡Mirad a la calle! —ordena.

Acuciados, los de la mesa se pegan a la ventana. La oscuridad, después de tanto tiempo, es casi penumbra. Se pueden distinguir los ademanes, incluso en su gestación.

—Julio... —musita Quirino, sin moverse—. Sal a la

puerta. No hagas ruido, no te asomes, no hagas nada... Observa la distancia que existe...

Julio se mueve como un gato. Se nota la bocanada de aire frío de la puerta abierta. Esperan.

Cuando vuelve, Mandarino camina menos seguro. Está deslumbrado y tantea hasta encontrar la mesa. Ángel, Largo y Quirino, en silencio, miran mientras se acerca.

—¡Era él! ¡Lo he visto!

—Sí, era él —murmura Piccardo.

—¡Qué ocasión! Pude haber ido detrás... ¿por qué no terminamos de una vez?

—¿A qué distancia estaba? —pide Quirino con voz fría.

—Unos cincuenta metros.

—¿Paso...?

—Rápido, pero va por el centro de la calle. —Mandarino va reprimiendo su excitación e informa puntualmente.

—Cincuenta metros es demasiado —medita Piccardo—. Deberemos tener abierta ya la salida...

Mandarino no contesta. Está ocupado sosteniendo a Turro.

—Quirino, Largo, bajad... Ángel se ha desmayado. Ayúdame en seguida, que no sé ni por dónde le agarro.

Bajan, casi entumecidos por la espera. Entre todos trasladan al enfermo a su camastro. Ya en la habitación interior, Quirino enciende una cerilla para ver al camarada. Turro, pálido, astillado de pómulos, está retorcido en derredor de su vientre. Se apaga la luz.

Largo Serena, como si nada hubiera pasado, está arriba de la mesa, todavía junto a la ventana.

—¿Qué esperas, Largo? —pregunta Piccardo.

Largo, sin contestar, se va deslizando. Abajo, junto a Quirino, le agarra de una manga.

—Quirino, ¿es posible que estemos equivocados? ¿No será retórica pura todo esto?

—Cuando te metan en la cárcel, cuando te priven de todo, hasta de tu vocación; cuando te insulten, y te apaleen, y descubras que no eres solamente tú, sino que estás acompañando por muchos más, ¿seguirás creyendo que es retórica pura?

—Pero, compañero, ellos también tienen razón, tienen, quizá, cosas bellas que defender...

—Las cosas bellas son razones para sí mismas, nunca para los demás.

—¿Te ablandas, Largo? —pregunta Julio.

Largo se mesa los cabellos.

—No, Julio, no me ablando. Intento comprender. Hacéis burla si hablo en nombre de la teoría...

—Y tú te asustas ante nuestra práctica, ¿verdad? Quirino, mándale a casa.

—Calla, Julio; esto no tiene importancia —dice Piccardo.

—¿Qué tiene importancia para vosotros? —quiere saber Largo.

—Pon unas mantas sobre la mesa y duerme, Largo. Mañana hablaremos tú y yo.

—Está bien. ¿Cómo se encuentra Ángel?

—No lo sé. Ángel también puede esperar a mañana.

—Eres duro, compañero.

—¿Por qué crees que estoy en los grupos de acción?

Mandarino, que ha estado trasegando mantas, pregunta:

—¿Qué hora es, Quirino?

—Espera que lo mire. Las once.

—Imposible. Tú te equivocas. Debe estar amaneciendo lo menos.

—«El terrible guardián de las puertas eternas alzó la tranca del Norte — entró Thel y vio los secretos de la tierra ignorada — y el lecho de los difuntos y el lugar donde las raíces fibrosas — de los corazones hincan su inquieto tejido en la tierra — país de tristeza y de lágrimas, donde nunca se vio una sonrisa» —declama, quedo, Largo Serena.

Mandarino, sorprendido, pregunta a Piccardo.

—¿Qué está diciendo éste?

—William Blake, me parece. Es un poema inglés, Julio. Anda, no hagas caso. A dormir.

Tumbados sobre la mesa, o en rincones, a poco, parecen dormir.

7 El despacho del Jefe Superior, don Atilano Sualdea, no es tan lujoso como el de Maturano, pero sí más cómodo. Maturano lo compara, brevemente, mientras avanza hacia el hombre que se levanta de la mesa tendiéndole la mano diestra.

—Maturano, amigo, por fin ha venido usted.

—Pensé, Sualdea, que de existir algún apremio me enviaría usted un recado especial. ¿Me equivoco?

El Jefe Superior de Policía indica a su visitante un cómodo sillón y él, abandonando la mesa, se sienta en otro inmediato.

—Me creerá usted, pero nunca había estado en su feudo —dice el secretario de su excelencia.

—Pues tengo coñac francés en ese armario a su espalda.

—Sáquelo y no sea roñoso en la cantidad. Al fin y al cabo, aquí es usted el amo.

Don Atilano Sualdea sirve en persona a su invitado y con su copa en la mano retorna al sillón.

—¿Cuál es su secreto? —pregunta el secretario.

—Se prepara un atentado contra don Luis —espeta el Jefe Superior.

Maturano da cumplida muestra del dominio de sus nervios elevando su copa y bebiendo.

—No lo creo. Es decir, perdón, es algo absurdo.

El Jefe Superior espera un minuto antes de volver a la carga.

—Él —dice—, aunque despreció el aviso, se lo creyó, cuando menos.

Maturano acepta el reproche implícito.

—Perdón, otra vez. Pero hay algo que no concuerda. Si mal no recuerdo, han pasado ya casi quince días desde que usted fue, una noche, al palacio, ¿no es así?

—Confiaba en que usted notaría lo raro de mi visita.

—¿Suelen tardar tanto los atentados? Porque don Luis ha seguido haciendo su vida de costumbre.

—Lo sé perfectamente. Me ha prohibido terminantemente que le proteja.

—Muy propio...

Don Atilano duda en extender más el secreto. Recuerda lo absurdo de la advertencia sufrida. Pero es el mismo Maturano el que le ofrece una solución:

—O mucho me equivoco, o son ciertas visitas nocturnas el punto flaco de todo el asunto.

El Jefe Superior respira, aliviado.

—¿Usted sabe...?

—¿Qué clase de secretario supone usted que soy, querido Sualdea? Y a todo esto; no me ha respondido a lo interior.

Don Atilano cree adivinar cierta reticencia en las palabras del secretario e insiste.

—¿Lo sabe o lo supone?

Maturano, inquieto, se revuelve en su asiento.

—Yo he venido aquí para escucharle a usted. Olvídese, Sualdea, de que los interrogatorios forman parte de su cargo.

—No puedo. Bien; dejemos en suspenso la pregunta. Hay unas visitas nocturnas, efectivamente. Y son las que me preocupan.

El secretario trata de asimilar aquello. Sabe desde hace tiempo que su excelencia sale de noche y nunca se preocupó por ello. Ciertamente, ignoraba el nuevo factor en juego; pero, de todas formas, no acaba de comprender.

—¿Por qué le preocupan a usted unas simples escapadas sentimentales? Su excelencia va a muchas partes y nunca se han tomado medidas especiales.

—Eso es lo que usted no sabe —refuta, con un tono de mal humor, el Jefe Superior.

—Desde ahora, a callar y escuchar —dice Maturano, para el que no pasa inadvertida la muestra de acritud.

—Me preocupan las escapadas nocturnas porque tuve la debilidad de confesarle que lo sabía. Fue un momento de orgullo del que estoy sumamente arrepentido. Ese viejo testarudo me había estado tratando con evidente desprecio. Cada vez que decía «policía», le temblaba el belfo. Conozco el síntoma. Entonces quise apabullarle, cerrarle la boca. Y lo conseguí, claro.

—Claro —comprende el otro—. Ahora entiendo por qué estaba usted tan blanco y él tan colorado aquella noche. Me dio usted el día, vamos.

El Jefe Superior, pese a su preocupación, no puede evitar una sonrisa.

—Se lo merecía.

Pero rectifica en seguida.

—Creo, sin embargo, que me excedí. Generalmente, a los hombres no nos molesta que se nos suponga una aventura amorosa. Allá Dios y la conciencia. Partiendo de ello, yo no pretendía humillar al hombre, sino confundir al prepotente.

—Y sucedió al revés —musita Maturano—. Si me hubiera avisado le hubiese aleccionado un poco. Entender a ese hombre me ha costado a mí estar cerca de la crisis cardíaca. Es una extraña muestra de arrogancia y ternura. Un caso...

—Bueno, ya está hecho; el caso es que la metí bien metida. Salí de allí aturdido.

—Le echó, no mienta.

—De todo un poco. Pero, atienda, Maturano; el hecho de que yo metiera la pata no alteraba ni altera el fondo del asunto. Y el fondo es ese maldito problema. El general, de una forma u otra, podía haber cooperado. Al ponerse de punta, hasta me lo prohibió. Todavía, poco después, me estuvo sonsacando. Le seguía importando poco el que le mataran o dejaran de matar. Le importaba, y mucho, que trascendiera la aventura amatoria...

—¡Pero si lo saben hasta los gatos del palacio!

El Jefe Superior, en suspenso, mueve la cabeza. No sabe, exactamente, qué responder. Dice, por decir algo:

—Los molinos de Dios muelen despacio, pero muelen... Es posible, sin embargo, que no lo sepan todo. La persona, el lugar. ¿Lo sabe usted? Franquéese, ¡maldita sea!

—De acuerdo. Yo no sé más que lo dicho. La escapada. Y la sospecha de que la chica sea la sobrina de una mujer llamada Montserrat, dueña del hotel Comercio, enfrente del palacio. Nos servía algunos refrigerios y el general gustaba de su charla. No sé nada más. Sólo, que hace tiempo que no viene y que otra camarera que nos sirve no sabe nada de Lola.

El Jefe Superior toma unas apresuradas notas.

—¿Ve usted...? No sabía nada de eso. Y vale la pena.

Maturano sigue sin comprender.

—¿Por qué le da usted tanta importancia?

—Quiero que ese hombre se proteja y estoy dispuesto a hacerle chantaje, si es preciso, ¡por San Pedro! El escándalo sería terrible y no está la situación para nada alarmante. Usted lo sabe tan bien como yo —el Jefe Superior se exalta—. Se nos viene encima una huelga general o un ensayo revolucionario.

Maturano, inquieto, dice:

—No piense conmigo. Yo no le digo nada.

Más calmado, don Atilano desgrana razones.

—No es necesario, a menos que yo lo requiera. De todos modos, deseaba que lo supiera, para salvar mi responsabilidad y la de mis hombres. Gracias a Dios, creo, por otra parte, que la situación ha mejorado un poco. Hemos identificado por lo menos a dos hombres. ¿Atiende usted, Maturano?

El secretario se disculpa.

—Es que estaba pensando algo... Su excelencia ha despedido a su viejo asistente, un ex legionario más celoso de su amo y sus prerrogativas que un sultán. ¿Tiene algo que ver con el asunto?

—Lo tiene. Se fue de la lengua con..., la otra parte, también por un exceso de celo. ¿Comprende bien cómo está la cosa? Este legionario nos ha facilitado algo. Un fulano, enfermo al parecer, cáncer o algo así, vigiló durante varios días el palacio, desde la plaza. Mostraba interés por el gobernador. Una gitana se lo dijo a nuestro hombre. Desgraciadamente, cuando vino a nosotros, el fulano ha dejado de acudir. Lo hemos identificado, casi con seguridad. Es un tal Ángel Turro, un asesino frío y callado, enfermo del vientre o el estómago... Generalmente, actuaba por cuenta del comité aragonés. Este sujeto ha desaparecido.

—Entonces, no ha conseguido usted nada.

El Jefe Superior observa fijamente al visitante. Secretario de su excelencia... ¿Cuál es tu secreto?

—Deje que trabaje la rutina. Volverá, cuando menos, a un curandero. Allí le esperaremos.

El Jefe Superior se siente intranquilo. Espera sacar algo en limpio. Maturano lo está esperando todo.

—Otro sujeto, identificado parcialmente, es un tal Quirino Piccardo, ex profesor de Liceo, maestro del Templo, cerebro organizador.

—Ya...

—Ha desaparecido. Pero sabemos adónde está su amante, una mujer llamada Luisa. Le esperaremos.

El secretario apura la copa de coñac y se levanta.

—Le felicito. Ha trabajado usted bien, salvo la metedura de marras.

—Fue lamentable, pero espero subsanarlo. Vigilamos los actos públicos y ¡ejem!, seguimos a su excelencia en sus escapadas sentimentales.

—¿Es necesario? —sonríe el secretario.

—No tema. Nos detenemos a distancia prudente. Digamos que a doscientos metros de la diana.

—Parece suficiente.

El Jefe Superior parece acordarse de algo. Sonríe, como si tramara una travesura.

—Dígame, ¿cómo es ella?

—¿Quién...?

—La chica que servía bocadillos en el palacio.

—No tengo el don de las descripciones; pero la recuerdo graciosa, limpia y poca cosa.

—No sé qué hacer con ella.

—¡Bah! Déjela en paz.

Ambos se encaminan hacia la puerta. Antes de llegar, el secretario pregunta:

—¿Doscientos metros son un margen de seguridad?

—Creo que sí... En el supuesto de que ellos tengan noticias de tal debilidad sentimental.

—Naturalmente.

Con la mano en el picaporte, Maturano sonríe. Y pregunta, otra vez:

—¿Y si pese a todo sucediera algo...?

El Jefe Superior se encoge de hombros.

8 Más pronto de lo acostumbrado, el sótano parece entregado a las sombras.

—¡Qué oscuro! —musita Largo.

—Esta noche caerá una manta de agua —gruñe Julio—, y no vendrá. Yo voy a emborracharme.

—Calla —dice Piccardo—. Vendrá. Es lunes y vendrá.

—Lo creeré si lo dice Ángel, que huele esas cosas —dice Mandarino—. Pero Ángel no se levanta hoy. Está en las últimas, te lo digo yo, Quirino.

—Ángel se levantará. Está mucho mejor.

—Sí, sí... —ironiza Mandarino—. Anda, Largo, intelectual. Acompáñame el vino con un verso. El que quieras, pero haz un ruido diferente al de Turro, al de nosotros mismos.

Largo, abrumado, dice:

¡Ah, amor, seamos siempre fieles! Pues el mundo
que parece extenderse ante nosotros
como un país de ensueño,
tan diverso, tan nuevo, tan hermoso,

no tiene realmente luz, amor o alegría,
paz o verdad, o alivio de amarguras.
Aquí estamos, como en un llano oscuro
con alarmas confusas de luchas y de huidas,
donde ejércitos ciegos se acometen de noche (1).

La ronca voz de Largo Serena mantiene tieso a Piccardo, que al terminar el recital suelta un brusco juramento. Mandarino se queja:

—¿Es que no sabes nada más bonito?

—Calla, calla, Largo. Venga, Julio, arrincona los libros y cierra la puerta.

—Lloverá.

—Ya lo dijiste antes. Y tú, Largo, coloca la arpillera.

Cada cual se afana. No mucho, pues no hay para tanto. Quirino enciende una vela y entra en la espelunca de Turro.

—Este hombre se nos muere, Quirino —dice Largo, desde la entrada.

—De lo que tenga, no sé. De hambre, desde luego.

—Se queja. Tengo metidos sus lamentos en las sienes, Quirino. Sácale de aquí.

—No.

Piccardo sacude el cuerpo postrado. Levanta uno de sus párpados y deja al descubierto una esclerótica sin reflejos, bizca hacia las cejas.

(1) Matthew Arnold, «La bahía de Dover».

—Sostén la vela —dice.

Mientras Largo ilumina la escena, se extrae de un bolsillo una caja de inyectar. Y una ampolla blancuzca. Trasvasa el líquido a la jeringa.

—No tengo desinfectante.

—¿Qué es, Quirino?

—Morfina.

Piccardo arroja encima de Turro todos los trapos que encuentra y vuelve a la sala grande. Llueve ya. El aguacero crepita contra los cristales y se filtra por la ranura inferior de la puerta. La luz protesta a su modo contra el diluvio, parpadeando, amortiguando ya su escaso brillo. Mandarino canturrea.

—Estás borracho, Julio —acusa Piccardo.

Julio tartamudea:

—Toda... vía... no; pero... lo es... taré.

Piccardo se mueve rápido. La botella se rompe contra una pared. Julio se ríe. Piccardo sigue buscando y encuentra una segunda botella.

—¡No, Quirino... por tu madre!

Piccardo la estrella igualmente. Mandarino se lanza contra él. Largo Serena le sujeta por detrás. Mandarino es un turbión de llantos y forcejeos, de insultos y escupitajos. El puño de Quirino encuentra su sien y Julio se desmaya en los brazos de Serena. Entre los dos supervivientes le acomodan en un rincón.

Piccardo se sienta y apoya los codos en la mesa. Y sepulta la cara entre las manos. Y se queja y blasfema muy apagadamente. Largo le observa. Largo Serena se toca su propia cara. Encuentra los escasos pelos de su barba ralos y crecidos. Y una costra de suciedad. Y sabe que está pálido. Llevan tres días sin salir de allí.

Largo se acerca a Quirino y le posa una mano en el hombro.

—¿Quito la arpillera?

—¿No lo hiciste antes?

—No.

—¿Qué esperas, pues?

Y de un manotazo rompe la bombilla y hasta arranca el hilo. Serena se sube a la mesa y arranca, a su vez, el saco. La lluvia forma como un vapor luminoso a ras del suelo. Largo junta la frente a los cristales.

—Largo, muchacho...

Es Quirino, que se sienta en su lugar de costumbre.

—¡Cuánto sufrimiento! —exclama Serena.

—Calla. Te hablaré de Luisa. Nos hemos quedado solos, estudiante.

—No, no, compañero. Ellos están con nosotros también. Se pondrán de pie cuando el ángel toque la trompeta. Ya lo verás.

—¡Cómo llueve! —dice, ausente, Quirino—. El campo estará esponjándose, como la tierra de los olivares. Yo he vivido en el campo. Una vez de niño y otra de huido. Y me acuerdo más de la primera. ¿Me escuchas, Largo?

—Sí, Quirino.

—Mi abuelo modelaba raíces, no sé si de olivo o de

enebro, o de encina. Raíces viejas, secas, retorcidas, que si las veía en la penumbra me parecían monstruos. Pero mi abuelo las convertía en cosas bellas: gnomos, caballitos de mar, cuencos de romero... «Ser en la vida romero — sin más oficio, sin otro nombre ni pueblo...» que dice León Felipe. ¿Qué estaba diciendo, Largo?

—Las cosas que hacía tu abuelo.

—Es verdad. Eran cosas bellas, con materiales extraños. Tenía siempre un endriago en las manos. Murió y le lloré mucho. Le lloré, ¿sabes?, no por él, sino por las cosas que hacía. Nadie podía reemplazarle. Mi abuelo hacía cosas. Ésos son los hombres que hacen falta en el mundo, Largo. Apenas le recuerdo ahora. Pero recuerdo siempre las cosas que hacía. La muerte detuvo todos los actos que hacía. La muerte detiene siempre las cosas que hacen los hombres... Mira bien, Largo, ¿viene?

—No. Es pronto todavía.

—Vendrá y nosotros detendremos sus actos. ¿Dejará algo sin terminar? Porque todos, Largo Serena, dejamos algo, para que el alma, si tenemos alma, tenga un día un quehacer.

—Habla del campo, de la tierra esponjada por la lluvia.

Piccardo traga saliva.

—Recuerdo a una mujer asomada a una ventana. Joven y hermosa. Se estaba peinando y no necesitaba espejo. Necesitaba que la mirasen los hombres y le dijesen lo hermosa que estaba, peinándose sin espejo.

Recuerdo las noches, enormemente negras, como que tú, habitante de la ciudad, no hayas visto nunca; negras y enormes, con un firmamento poderoso y envolvente, donde las estrellas eran agujeros de luz. ¡Ay, esas noches, terribles por hermosas, del campo abierto, del campo silencioso! Yo me tumbaba, lejos de toda luz, en las vacaciones, y de tanto mirar al cielo me aficioné a la política, el más poderoso de los juegos humanos.

—Parece que amaina un poco —dice Largo Serena.

—La lluvia en el campo es otra cosa. Empavorece. Te hace más grande la soledad. Una vez, sentado en una mula, volvía de unas parcelas lejanas. Empezó a llover. Me envolví en la manta, que es lo que hacen los campesinos cuando llueve, cerré los ojos y me abandoné. No tenía ganas de continuar en el mundo, ni de esperar al mañana prometido. Menos mal que la mula si tenía ganas de llegar al pesebre. Debieron sacarme en brazos, como si volviera de otro y desconocido mundo.

—Y no hay odio...

—¡Oh, no! Te equivocas. También un día vi matar a un muchacho. Lo mataron entre dos hermanos, con las hoces. La hoz es una arma terrible. Corta sin piedad, sin límites. Arranca la piel de los huesos, el pelo, los ojos, los dedos de la mano. Aquel día odié también al campo.

Largo Serena, presto a la asimilación de integraciones, coloca su mano en el hombro de Quirino.

—Compañero —dice—, te he conocido hoy.

—No. No me conoces. Entonces yo no era un hombre formado todavía.

En el rincón donde reposa Mandarino se escucha el regurgitar de una náusea. Llega, acre, el olor de las heces. Mandarino gime.

—Manzana —dice Largo.

—¿Qué dices? —pregunta Piccardo.

—No es a ti. Es para que Julio tenga algo donde asirse. ¿No has despertado nunca en la oscuridad? Árbol...

—Madera —gime Mandarino.

—Ladrillo... —dice Largo.

—Casa —dice Julio.

—Pólvora —dice Piccardo, con el mismo juego.

—Pistola —encuentra, jubiloso, Mandarino.

Y ya al borde de la mesa, pregunta:

—¿Qué me ha pasado? Nunca ni una botella, ni dos, me han tumbado.

Largo trata de hallar una explicación, más que por la licitud o veracidad del hecho, por acallar el maltrecho orgullo de Julio.

—No estamos en condiciones, Julio; no somos normales. Estamos debilitados por la tensión nerviosa.

—¿Qué hora es, decidme, por favor?

Quirino consulta su enorme reloj.

—Son las diez. La noche es joven. ¿Quieres subir, Julio?

—No; todavía no. ¿Dónde está Ángel?

—¿Escuchas ese ruido? Se llama disnea. Donde comienza lo encontrarás.

Julio arrastra los pies, alejándose. Julio arrastra mucho más cuando se acerca. Trae en brazos a Turro. Desde la mesa, Quirino y Serena presienten mejor que ven la maniobra. Julio deja al compañero de pie sobre el suelo, sosteniéndole con un fuerte abrazo.

—¡Aúpa, compañero! ¿Quién te ha dado permiso para morirte? ¿Por qué hueles tan mal, hijo de perra? Está lloviendo. Saldremos a la lluvia y te lavarás. ¡Aúpa, compañero!

—Aúpa, Ángel —dice Piccardo—. Pero tú, Julio, no grites.

—No grites, Julio, no grites —dice Ángel, débil, pero audible.

—¡Está aquí, con nosotros! —clama Mandarino—. ¿No habéis oído?

—Sí; hemos oído —dice Largo—. Esta noche se oye perfectamente.

—Déjame sentar, Julio —pide Turro.

Las sombras son ya familiares. Por eso se mueven Mandarino y Turro con tanta suavidad. Colocado en un banco, sostenido por el compañero, Turro trata de acortar el largo trecho que le separa del presente.

—Cierra el grifo, Ángel —dice Mandarino—, porque te vas a chorros.

—No tengo miedo.

—No digo que tengas miedo. Digo que te vas a chorros.

—Me... encuentro muy bien. Debo... estar mejor.

Piccardo no alude a la morfina. Largo tampoco. Mandarino no lo sabe.

—Escucha, Ángel. Esta noche es la última. Si viene el personaje... —anuncia Piccardo—, salimos.

—¿Qué dices? —murmura Mandarino.

—Y si no viene, lo suspendemos hasta que Ángel esté en condiciones. ¿Está claro?

—No quiero, yo... no quiero —dice Turro.

Mandarino le interrumpe.

—Espera, Ángel. ¿Es que no entiendes? Si viene, Quirino, ¿qué hacemos, dime?

—¿Puedes dejar a Turro que se sostenga solo?

—Puedo, pero no quiero.

—Julio, déjame...

—Tú te callas.

Turro lucha por desasirse, sin conseguirlo. Quirino baja de la mesa.

—Largo, no te descuides, que es la hora.

Y entonces sostiene él al enfermo.

—Julio —dice—. Déjame a mí y tú busca bajo aquellos libros. En la otra habitación.

—¿Tienes una botella?

—Trátalos a patadas, tíralos. Busca bajo los libros...

—Pero...

Largo Serena se mueve en su silla. Se mueve para quedarse tieso, como los perros de muestra. Piccardo maldice quedamente. Al cabo de un minuto, Largo desciende, tantea por el suelo, llega a la otra habitación.

Se percibe claramente cómo los libros se desparraman, cómo cruje el cartón maltratado.

—¿Es esto lo que querías, Quirino? —dice Largo, cuando vuelve.

Y deposita encima de la mesa un envoltorio. El golpe suena como suena el choque del metal contra la madera.

—Sí, eso quería —dice Piccardo.

La mano de Turro es la primera en llegar. Mandarino le sigue. Serena y Piccardo saben esperar.

—¡Tú sabías...! —dice Mandarino, acariciando y besando la pistola.

Turro oprime su arma contra la mesa, sin levantarla. Tiene miedo a carecer de fuerzas y está movilizando su voluntad.

—Están ahí desde hace tres días...

—¡Maldito!

—¿No quieres una, Largo?

—¿Están cargadas? —dice el estudiante.

—No. Son de museo. Las traje para exhibirlas. Vuelve a la mesa, Largo. Si eres tan rápido para disparar como para deducir, hijo, tú serás el primero.

—No —dice Turro—. Seré yo. Déjame levantar, Julio.

Mandarino se aparta. Turo se incorpora. Vacila... Sus movimientos se anuncian antes de consumarse por la vaharada cálida de fiemo que despiden su aliento y sus ropas.

—Espera. No andes. Hay cristales rotos por el suelo.

Estás descalzo —dice Mandarino—. Y no lo niegues, porque yo mismo te quité los zapatos.

—Entonces, iré a ponerme los zapatos —dice Turro.

9 Don Luis cierra la puerta tras de sí con mucho cuidado. Apoya en ella las espaldas, complacido al ver la expresión de las mujeres.

—¿No vas al cine hoy, Adela? —dice.

Adela se limpia las manos en el delantal, como hace siempre que ve a don Luis, quizás esperando el honor de estrechar una mano que nunca se le ofrece.

—Llovía tanto que pensé...

—Que hoy no vendría. Pero he venido.

Lola no dice nada. Lola se acerca al hombre y recoge el agua de la lluvia al pegar su cuerpo al otro cuerpo. Su excelencia, después de un tiempo prudencial, la aparta suavemente. Su macfarlán tiene el color oscuro de la noche y la lluvia. Se quita el sombrero. Adela le ayuda a despojarse del chubasquero.

—He venido, claro —dice él, y bate alegremente las palmas—. ¡Vamos, que no soy un fantasma!

Lola toma del brazo al amado y le guía a sus habitaciones.

—Yo sí te esperaba —va diciendo.

Adela contempla las manchas de humedad en el suelo y mueve dubitativamente la cabeza. Cuelga el macfarlán en la percha y se encamina a la cocina.

—Hacía tiempo que no me mojaba como hoy —dice el hombre—. Me caía el agua y pensaba: te has vuelto tan importante que no puedes exponerte a una pulmonía. Retrasarías el despacho de documentos, el laudo entre la gremial y los abastecedores, el viaje a la montaña...

—Y el reparto de mantas —dice Lola.

—Justamente lo iba a decir también —ríe don Luis.

El hombre observa que las luces están suavizadas por pantallas, que una alfombra cubre el suelo, que incluso se nota algo de frío. Ríe.

—El centinela puso cara de asombro cuando me vio salir. Debió pensar que estaba loco saliendo a pasear en una noche semejante. A menos que...

Su excelencia vira unos grados hacia la taciturnidad. Lola, que no comprende tantas revueltas:

—Quítate los zapatos en seguida, Luis. Anda, que están calados, y seguro que los calcetines también.

—Calla, mujer, que acabarás poniéndome ropa interior de felpa y metiéndome en la cama, con una botella de agua caliente a los pies. ¿Para eso llevo treinta años resistiéndome al casorio?

Lola, con buen humor, se decide a obrar por su cuenta.

—Mira, estoy decidida a no tener en cuenta tus barbaridades. Estás en mi casa y aquí se hace lo que yo quiero. ¡Siéntate en el sillón!

—Audición y obediencia, que dicen los personajes de «Las mil y una noches» —contesta don Luis.

Lola, mientras va desatando cordones, rumorea:

—¿Tú lees «Las mil y una noches»?

—A ratos. Cuando necesito librarme de tanta pamplina y tanto servilismo.

Lola, en un alarde de celo, ha sacado también los calcetines. Los exhibe como un glorioso trofeo y busca un lugar donde extenderlos.

—¿Ves cómo tengo yo razón para tratarte como un niño?

—¿Qué dices, Lola? —quiere saber él, sin excesiva curiosidad.

—Leer cuentos para niños. ¡Bah! «¡Alí Babá y los cuarenta ladrones», «Aladino y la lámpara maravillosa».

Lola no comprende la razón por la que Luis ríe de forma tan franca. Cree que es por los calcetines que lleva en la mano y se apresura a soltarlos.

—¿He dicho alguna barbaridad?

—No, Lola; las barbaridades las pienso yo.

Adela entra en la estancia, tras una discreta llamada. Como de costumbre, lleva la bandeja de plata y la tetera humeante.

—Adela. No andes por la casa como un alma en pena. Acuéstate y duerme como si fuera a venir Alí Babá —dice don Luis.

—¿Quién es ese señor?

—A veces, creo que Octavio Camilo. Pero me inclino

mejor a pensar en cierto personaje, cuyo nombre no te voy a decir. Conque, ya te estás durmiendo.

—Sí, don Luis.

Con la marcha de Adela se establece una tregua. No es la paz íntima todavía, pero falta poco. Lola oficia el rito moruno.

—Me gusta verte tan contento —dice.

—No estoy contento —dice don Luis, moviendo la cabeza como un péndulo—. He estado pensando mucho en estos días.

—Yo también —dice Lola—. Algo te está pasando y yo no hago más que dar vueltas, y más vueltas, y...

—Te entiendo, Lola —dice Luis, con una chispa de curiosidad—. Das vueltas, efectivamente. Déjame tomar el té con tranquilidad.

Lola se sienta en un escabel, muy cerca. Redobla en los cristales la lluvia, monocorde, aburrida. Su excelencia no tiene esta noche demasiada apetencia de bebida caliente. Pero sostiene la taza por lo que tiene de tregua. Lola tiene cara de tener sueño.

—Quítate el cuello, Luis. Los picos se te hincan en la carne. Lo veo desde aquí.

Su excelencia desabrocha el pasador y Lola le ayuda ante el botón del cogote.

—Quítate la chaqueta.

—¿Por qué no me dices de una vez que me desnude, si eso es lo que quieres? —ríe el hombre—. Tengo un poco de frío, destemplanza, mejor. Deja en paz la vestimenta y siéntate aquí.

Aquí son las rodillas. Lola obedece.

—¡Huy, cuánto pesas! A veces las caricias amorosas tienen un poco de sacrificadas.

—Yo estoy muy bien... Déjame arrimar.

Lola se acurruca, envuelve, aturde. Le estorban las manos y las baja a lo largo del cuerpo amigo.

—¿Qué llevas en el bolsillo? —pregunta.

—¡Quieta! —dice don Luis, haciendo esfuerzos para que la mujer saque la mano.

—Es un regalo y no quieres enseñármelo, malo.

—Eso es, Lola —dice él—. Más tarde, ten un poco de paciencia.

—¡No! Ahora.

—No, ahora no.

—Me enfado.

Y Lola se levanta. Lola espera que ante su enfado el hombre ceda. Pero su excelencia coloca ambas manos sobre los bolsillos y niega. Indecisa, Lola se dirige a la cama y se tumba en ella. Tiene algo de frío y se tapa con el cobertor. Escucha, vagamente, cómo el hombre mueve la tetera, cómo se levanta pesadamente, se despoja de la chaqueta y se dirige hacia ella.

—Lola —dice él—. ¿Tienes posada para un peregrino?

—¿Qué tiene el estuche?

—No lo recuerdo.

—Ya sé. Un collar...

—No. No es un collar. Déjame un hueco.

Lola se escurre hasta dejar sitio. Desde aquí no se percibe la lluvia en los cristales.

Su excelencia está adormecido. Lola lo contempla. Brillan las canas en las sienes y la piel tostada por muchos soles tiene un tono enfermizo. Luis tiene la boca firmemente cerrada para dormir, boca tantas veces abierta para todas las pasiones de la vida. Pero Lola no quiere adivinar pasiones. Lola quiere saber si está dormido.

Se levanta suavemente. Camina suavemente.

—Deja eso, Lola —dice la voz del hombre.

Lola está temblando. No es adorno para una mujer desnuda una simple pistola, aunque sea un primoroso trabajo de artesanía, aunque tenga labradas en plata las cachas.

—Luis, Luis... ¿Qué es esto?

El hombre aparece a su lado, le quita el arma de las manos y la amonesta con dulzura, o quizá tristeza.

—No es un collar, ni una pulsera. Pero si quieres, te la regalo.

—No, Luis, ¡no!

—Vuelve a la cama.

Ya en el lecho, Lola, asustada sin saber la razón, rompe a llorar. El hombre, sentado en el borde, a su lado, trata de encontrar palabras.

—No te desmandes, Lola. La mujer de Lot se convirtió en estatua de sal... ¡Ah, y yo que creía que era amor! Y deseaba adormecerme.

Rompe a reír. Nunca le ha faltado a su excelencia sentido del humor, aunque le dure poco. El que una muchacha espere encontrar un collar de perlas y encuentre una pistola, mereció relatarlo el ilustre cuan pecaminoso Paul de Kock. Solamente una rata negra, de retorcido apéndice, hubiera mejorado el efecto.

Un ramalazo de frío le corta la risa. Se hace sitio entre las ropas, junto a la carne mórbida.

—No olvides que soy militar, Lola —dice, después de un rato.

. . . .

—Fue sin darme cuenta. La había estado limpiando y la eché al bolsillo.

. . . .

—Antes, estas cosas las hacía La-Bás. Pero como...

Su excelencia no desea seguir por aquel camino.

—Aunque la ciudad es limpia y hermosa, tiene algunos ladrones.

. . . .

—Pero, Lola, ¿no llueve bastante ahí fuera?

—Tengo miedo —dice por fin la muchacha, acurrucándose.

Don Luis observa la tenue luz de la antealcoba. Recuerda una fotografía que dedicó a Lola, donde su excelencia está en traje de gala, fajín, banda y espadín de ceremonia. No tiene pistola alguna encima. Y siente unos enormes deseos de ser sincero.

—¿Qué harías, Lola, si yo muriera...?

Lo inesperado de la pregunta tarda en llegar a la

sensibilidad de la mujer. Su excelencia aguarda, pacientemente. Se le han quitado algunas ilusiones.

—Bueno, no respondas...

Pero la extraña respuesta de Lola le deja sin aliento. La muchacha abandona la cama, se postra de rodillas y reza. Su excelencia, sorprendido, se sienta en el lecho. No es la primera vez que los seres inferiores, que siempre le han estado supeditados de una forma u otra, realizan actos que le sorprenden y le avergüenzan.

Su excelencia sabe lo que es rezar. Es católico, aunque tuvo algunas veleidades con el rito escocés, antiguo y aceptado. Pero su excelencia, lo reconoce, ha carecido siempre de la necesaria humildad para estar, desnudo, de rodillas. Vestido, y en traje de gala, al lado derecho del Ofertorio, ha estado muchas veces.

Los borbotones de palabras que se le escapaban a la muchacha le sumen en la perplejidad. Quiere decir algo, pero no se atreve. De ponerse a rezar, de carrerilla, diría el Padrenuestro y el Avemaría. Si debiera deletrear o decir las oraciones degustando su significado, se atrancaría después del arranque. Lo que les sucede a muchos.

—Me estás dando miedo, Lola, te lo juro —dice.

Y es verdad. De pronto le ha llegado el miedo. Se levanta. Incorpora a Lola bruscamente, y la arroja sobre la cama. Y la tapa con la ropa. Y se esfuerza en separar sus manos. Sólo consigue verse aprisionado por unos músculos temblorosos y frenéticos. Las lágrimas de Lola humedecen dos caras. Su excelencia termina por temblar igualmente y quedan estrechamente abrazados.

¿Qué hora será? Don Luis contempla, dormida, a la mujer. Siente deseos de ver el reloj, pero no desea ser sorprendido con el reloj en la mano. Un reloj es, si cabe, en un amante, un arma más peligrosa que la pistola. Una pistola puede dispararse o no, un reloj se dispara siempre.

Ha dejado de llover. Cuando menos, el hombre no oye el sonido del agua. Tiene dormido el brazo y unas enormes ganas de cambiar de postura. En el compacto silencio de la estancia casi escucha sus pensamientos: «¿No estaré llevando demasiado lejos esta tontería? No debí despedir a Camilo. Me han dicho que ronda el palacio, esperando que le llame. Le llamaré mañana. Y esta chica, ¡Señor!, ¿es posible que me quiera?»

—Lola, encanto...

Necesita sacar el brazo, antes que los calambres le hagan dar un salto.

—Déjame cambiar de postura.

Incluso en sueño, Lola obedece. Pero queda cortado el ritmo de su respiración y el hombre sabe —la experiencia— que de un momento a otro despertará. Teme que lo haga entre lágrimas.

—¿Qué hora es, Luis?

—Lo mismo me estaba preguntando.

Retumban las palabras en el espeso silencio y se hace desagradable recibirlas de nuevo.

—No te vayas, Luis... —suplicaba Lola.

De no haber hablado, su excelencia ni siquiera hubiera recordado la necesidad de irse. Pero ya enterado, es imposible evadirse. El día siguiente puede ser muy importa ıte. Quedarán atados casi todos los cabos y las adhesiones. Incluso...

—¡Qué extraña noche, Lola! —dice, ahuyentando lo que no debe ni pensar.

—¿Estás enfadado conmigo? —quiere saber ella.

—¡Pobre Lola! Hubiera sido mejor que continuaras ayudando a tu tía.

—Ya es tarde para pensar en eso.

—También es verdad. Tengo que irme, Lola. Nada desearía más en el mundo que quedarme. Pero no es posible. Acepta, como has aceptado siempre, lo que te puedo dar.

Su excelencia trata de dilatar el instante en que deba sacar los pies de las tibias ropas. Sabe que entonces le morderá el frío y que habrá de correr. No quiere correr.

—Olvida todo lo que hemos hablado.

Recuerda las sospechas entrecortadas que ha musitado un tiempo, ignorado, antes.

—No vuelvas, Luis —dice ella.

—¿Y eres tú quien lo dice?

—Sí. Yo. No quiero que vuelvas. Espera hasta cuando te avise yo.

Don Luis recobra algo de su vieja soberbia.

—Volveré cuando me dé la gana.

Y halla fuerzas para sacar los pies. Lola se le abraza.

—Espera un poco más...

Su excelencia recuerda algo. Viejas palabras de un bardo sajón, archivadas entre órdenes y teorías de Clausewick por un viejo milagro volitivo.

—«¿Te quieres ir? Aún no ha llegado el alba. — Es la voz del ruiseñor, no de la alondra — la que hace vibrar tu oído temeroso; — todas las noches canta en el granado. — Fue el ruiseñor, no temas, amor mío...»

Y avergonzado de tanta cursilería, salta del lecho. Y se agita, ya sin miedo al silencio, vencido el amante por el personaje importante. Lola, acurrucada, escucha.

El hombre se acerca al lecho. Está vestido. Tiene la pistola en la mano. Se sienta.

—Tenemos tiempo para hablar un rato, Lola. No he mirado el reloj, para poder hacerlo. Bien está lo que termina bien, amiga mía, y esta noche ha sido hermosa. Hemos sufrido, pero ha sido hermosa, te lo digo yo, que he pasado muchas sin dormir... Estoy contento. Te quiero, Lola, y entiende que nunca te lo he dicho. Espera, no hables... Estoy tratando de adormecerte, para irme luego pisando de puntillas. Arrópate bien. Me siento lleno de pecado. Habré de tomar una decisión contigo. Te adentro demasiado y no sé si me gusta o no. Y no sé si es debido a las circunstancias de estos días o, simplemente, porque estaba escrito que fuera así... La ila Allah..., Allah acbar... bismillah en nombre del Misericordioso... Te lo digo en árabe, Lola, porque con el Dios de los cristianos tengo que reconciliarme un día de éstos, quizá desde ahora mismo... duerme... duerme...

10 Ángel Turro sepulta la cara en la toalla mojada. Cuando se calienta, Mandarino, sigiloso, la humedece de nuevo en un barril abierto que la lluvia ha mediado de agua, en el patio.

—Dame la toalla, Julio —pide Piccardo.

Mandarino se la alarga y el otro se envuelve la mano con ella, golpea el cristal, que se rompe sin hacer demasiado ruido.

—Quiero verle, quiero oírle, quiero olerle —dice Quirino—. No me importa que mañana ya no podamos estar aquí.

La bocanada de aire fresco que penetra en el sótano no es nada comparada con la claridad. No es luz lo que entra, puesto que no hay luz. Es claridad. Tantos días de mirar a través de los sucios cristales inclinan a creer que era turbia la misma atmósfera. Y no es cierto. La casa de los esgrafiados parece más cerca; la noche más hermosa.

—Mañana —dice Largo—, el que quiera mirar no necesitará ni agacharse.

—Mañana —dice Quirino— podrán mirar lo que quieran.

—¿Por qué tienes tanta seguridad, Quirino?

Piccardo se limpia con la toalla, sin importarle las huellas de Turro, ni los cristales rotos.

—No tengo seguridad. Estoy harto... ¡No aguardo más!

Largo Serena, dominando su cansancio, dice:

—¡Qué extraño eres, Quirino! ¿Quién sino tú nos has estado frenando? Llevamos quince días viviendo de milagro.

—Estoy cansado, calla.

—¿Qué hora es, Quirino? —pregunta Mandarino.

Quirino no contesta.

—¿Qué hora es, Largo?

Largo no contesta.

—¿Es que está prohibido?

—No pienses en ello, compañero —dice Largo—. Deja que el Único luche por la jornada de ocho horas. Nosotros no tenemos sindicato. Ni sueldo.

—Espera —dice Mandarino—. Quirino, ¿qué vamos ganando en todo esto? Sólo he sacado unos duros para beber vino.

—Ya nos arreglaremos —dice Quirino.

—Ya nos arreglaremos, no; nos estamos arreglando ahora. O mucho me equivoco, o vamos a tener que escapar como perdigones tirados a la calle desde un tercer piso. Dame.

Largo Serena, extrañado, dice:

—Por favor, que ahora no hay cristal. No chilles, Julio. No comprendo nada...

Mandarino baja la voz. Está temblando. De salir al patio tiene las ropas empapadas.

—Yo voy a tomar la frontera. Dame, Quirino.

Piccardo registra los bolsillos de su pantalón.

—Toma.

Mandarino cuenta el dinero, palpando los billetes, acercándolos a sus ojos.

—Dos mil —musita—. Cinco meses de pensión barata. Quiero más.

—Toma, Ángel —dice Quirino sin hacer caso a Julio.

—No —dice Ángel.

—¡Trae, trae para mí! —Mandarino se apodera del lote.

—Toma, Largo —sigue diciendo Quirino.

Largo Serena reprime un alarido.

—No; no quiero.

—Tómalas, antes de que Julio se las lleve.

—Pero, pero, ¿qué es esto, dime? ¿Es el sueldo...?

Quirino se disculpa.

—No te lo hubiera dado. Es Julio quien lo pide.

—Dos mil pesetas son muy poco para matar a un hombre. O es mucho. ¿Por qué has aguardado a la última noche?

Mandarino salta a la mesa y habla al oído de Largo.

—Largo, hombre, ¿es que nunca has tomado parte en algo como esto?

—No contestes —pide Quirino, con energía—. Asegúrate que la puerta está abierta, Julio. Y tú, escucha,

Largo. Hay que huir, hay que esconderse. ¿Crees acaso que vas a encontrar ayuda cuando salgas de estas paredes?

—¿Por qué has aguardado hasta hoy? Hoy, cuando necesitamos estar puros.

—Yo te lo diré —dice Turro, increíblemente lúcido—. Porque de cada diez que reciben instrucciones y dinero, nueve se guardan los cuartos y olvidan el trabajo.

—Yo no quiero disparar con dinero en el bolsillo.

—Largo... —comienza a decir Quirino.

—Déjale tranquilo —ordena secamente Turro—. Habla de otra cosa.

Regresa Mandarino.

—La puerta está abierta. ¿Has cogido el dinero, estudiante?

—Calla, Julio —dice Turro.

Callan todos. A rachas, penetran humedad y viento por la ventana-sumidero.

—¡Qué estará haciendo ese hombre, Dios mío! —dice Mandarino—. Decidme la hora, por favor.

Se han agotado ya todas las palabras, todas las ideas del mundo. Hasta los pensamientos. No es posible imaginar siquiera el calor de los brazos que están acogiendo arriba, en la casa, al personaje esperado. Ni recordar el campo, ni las noches estrelladas, ni el perfume de las manzanas, ni las tabernas milenarias, ni las aulas de Filosofía, ni las reuniones políticas. Cuatro hombres se mantienen tambaleantes. Y esperan, porque esperar es lo que menos cuesta en aquellos instantes.

Hasta que Piccardo hace un esfuerzo:

—Largo, ¿sabes lo que es la moral?

Nadie responde. Desalentado, Quirino habla:

—Moral es el instinto de vivir codificado. Moral es la ley del grupo. Si vivieras con un grupo de caníbales, Largo, serías inmoral si no comieras carne humana. Hay algo diferente a la moral, superior, quizá, llamémoslo «etos». «Etos» es ya el código, la ética de la especie. Nosotros, Largo, no podemos tener una moral y tenemos un «etos» o código para la supervivencia de todos nosotros y los que están detrás de nosotros. Entiende, por favor. No poseemos una moral, porque somos pocos. Y nuestra ética descansa en nosotros mismos, somos especie. Si te escandalizas porque Mandarino quiere dinero, ignoras que Mandarino tiene el instinto de grupo al servicio del «etos» de la clase... No me hagas mucho caso. Estoy entumecido. Me duele el espacio comprendido entre los pies y las cejas, pero estoy tratando de explicarme. Cuando existan muchos hombres como nosotros, la ética se convertirá en moral. Y entonces, todavía habrá otros seres creando o imaginando, o sufriendo por otra ética. Si todo esto es confuso, si están mezclados el dinero y la sangre, el hambre y el hartazgo, el calor y el frío, es, Largo, porque a la revolución le es más fácil destruir que reemplazar, imponer que convencer...

Después de un período de silencio, Mandarino, extrañado, dice:

—Si te he comprendido, Quirino, ¿es que a Largo le ha parecido mal que te pidiera dinero? ¿Por qué ha venido entonces?

—Porque es necesario, como tú. Porque tú sabes beber vino y él recitar a los líricos ingleses; porque tú puedes moverte como una sombra y él enamorarse tontamente de una mujer.

Mandarino reflexiona.

—Yo creo que nos estamos volviendo todos un poco locos. Nunca te oí hablar así, Quirino... ¡Ángel!

Sostuvo apresuradamente a Turro, que se deslizaba hacia el suelo. Lo acostó en la mesa y le limpió la cara con la toalla.

—Ya ves, Largo —dice Quirino—. Ni tú ni yo nos hemos molestado gran cosa por Ángel. El ser despreciable, el asalariado del crimen, lo ha cuidado.

—No hables tanto, hijo de italiano —clama Mandarino—. ¿Qué hacemos con éste?

—Ángel te adelantará, recuérdalo. Déjame un momento.

Quirino baja y desnuda un brazo del enfermo. Inyecta, casi a tientas, una nueva dosis de morfina.

—No sé si servirá de algo, pero si tiene dolores se los quitará.

Mandarino reincorpora al caído y sentándose en la mesa coloca la cabeza de Ángel en su regazo. Piccardo, sin darse cuenta, consulta su reloj.

—Las cuatro. No quería mirar el reloj, pero ahora me alegra. Parece que hemos borrado el tiempo pasado...

Le dura poco el optimismo. En un acceso de ira golpea la mesa con ambos puños. Blasfema e insulta de forma bestial hasta que Largo Serena le agarra de los cabellos y mantiene levantada la cabeza.

—Calla. Empieza a pasar gente por la calle.

La furia de Quirino se troca en desaliento.

—Hemos fracasado. Estará hasta el amanecer.

—¿Y qué? ¿Acaso el amanecer no es bueno?

Mandarino, interesado, sigue con atención la disputa. Dice:

—Bien, Largo, pero suéltale los pelos. Se le están saltando las lágrimas y no sé si es de pena por el fracaso o por los tirones. Quiero salir de dudas.

Serena suelta su presa. Quirino, tras un instante de duda, se sube a la mesa y se reintegra a su puesto.

—Todos tenemos momentos de crisis —dice.

—Sí, claro —dice Largo—. Pero es que tú piensas que lo primero es la seguridad. Yo no sé qué pensaría otras veces; pero ahora estoy tan cansado que sólo quiero terminar. Y sea la hora que sea, ésta es la última espera.

—Ya veremos —dice Mandarino, que está más cerca de Quirino que de Serena en aquella cuestión.

Turro se mueve. Y habla. Tiene la lengua pesada, pero se le entiende.

—¿Estuvo Rusti? —dice.

—¿Quién es Rusti? —pregunta Largo.

—El curandero del aguardiente, hombre —responde Mandarino—. No, Ángel, no estuvo por aquí.

—Pues tengo... calientes las venas.

—¡Ah! —dice Julio—. Son los efectos de descansar en mi regazo... ¿Puedes sentarte?

—Lo..., lo probaré...

—Si quieres un consejo, Ángel, muévete. No te quedes quieto. Da paseos... Cuidado con los cristales...

Turro, acompañado de Mandarino, se mueve por el sótano. Va adquiriendo firmeza.

Es ilusión, desde luego, pero parece que amaneciera. Se divisa con absoluta claridad la casa de enfrente.

—¿Por qué estoy tan cansado? —pregunta Largo.

—Es la tensión. Uno necesita agarrarse a algo, a alguna cosa. Y no dejar que entren las cuñas de la duda. Por eso, los mejores para estos asuntos, son los que tienen pocas ideas. Los hombres como tú, o como yo, con nuestra lógica, destruimos las cosas simples...

—¡Ya podías haberlo dicho antes! —gruñe Mandarino.

—Algo nos queda —dice Largo.

—Sí. Lo que queda siempre. Lo que tienen todos.

—¿Qué es, Quirino?

—La...

Quirino no puede terminar su frase. No la terminará nunca. La puerta de enfrente, apenas vista, pero tan estudiada, se está moviendo. La palabra quebrada es un alerta tan espantoso que hiela la sangre. Turro rechaza a Mandarino y queda tieso; Mandarino hunde la mano en un bolsillo. Largo se aparta de la ventana...

—Ahora —dice Quirino Piccardo.

Interrupción

En la Place de Saint Martin, de Caen, Calvados, tiene su taberna Julio Mandarino. Se llama «La jiraffe blanche», por un capricho de madame Mandarino, que bien podía satisfacerlo, puesto que la taberna era y sigue siendo suya. Julio Mandarino es el mejor cliente y la mejor propaganda.

Procuró que adquiriera el crédito que mantiene y se cuida de que el calvados no se agrie en las botas. Su historia, en los primeros tiempos, apasionó a los pacíficos normandos, que si se apasionaban por la política, nunca es más allá de poner motes a los prefectos y evadirse de los impuestos. La historia del bravo exiliado español, al cabo del tiempo se hizo innocua.

Pero en la áspera España sucede algo que llena la taberna de Julio Mandarino y su dulce esposa, Odette Mandarino, née Cadoux. Lo dicen los que escuchan la radio y leen los periódicos. Se ha sublevado el ejército de África y esto, conociendo a los españoles, significa la guerra civil. Suponen los pacíficos costeños que monsieur Mandarino podrá volver a España, podrá luchar como un león contra los enemigos de la «liberté».

Ignoran que Julio Mandarino encuentra dulce el vino de Calvados, hermosa a la gorda Odette y alegres los verdes prados de Normandía. Por ignorar, ignoran que se ha nacionalizado francés. Pero el 19 de julio, Julio Mandarino es en Caen el bravo español que se anticipó a la justicia social, el único superviviente de un «magnifique» equipo de combate. Ha reflexionado mucho y ya no tiene la seguridad del amo a quien servía años atrás. Y en la Place de Saint Martin discurren plácidos los días.

No son raros los españoles en Calvados, pero ninguno tan célebre como Mandarino...

—¿Qué hiciste tú entonces, Jules?

—Yo, salí corriendo...

—No sirve, Jules; empieza por el principio.

En atención a la inusitada concurrencia, y al interés por las cosas españolas, el único superviviente del atentado contra don Luis de Arencibia y Arellano, accede a contar lo que pasó. Lo contará a su modo o no lo contará, de modo que paciencia.

—La noche había sido espantosa. No sabíamos si matarnos entre nosotros o irnos a dormir. Y entonces Quirino dijo: «Ahora». Y salimos todos. Yo podía haber ido el primero, pero quería saber cómo marchaba Ángel.

—¿Quién era Ángel?

—Ángel era Turro; Turro era un baturro. Ángel Turro es un baturro, que decía yo. Estaba enfermo, aunque no murió de la enfermedad.

—¿De qué murió? —quiere saber un impaciente.

—¡No, no! —aúllan los metódicos—, ¡que siga con la historia!

—Y llegamos a la puerta. Había estado lloviendo toda la noche, pero no llovía ya. El fulano iba por el centro de la calle.

—¿Qué fulano? ¿Qué es un fulano?

Mandarino, pacientemente, echa remiendos donde puede.

—Un mesié, un señorón, un gobernador... Iba por la calle. Nos fuimos detrás, con el frío y el asco de toda la noche. Me olvidé de Ángel Turro. Me olvidé de todo. Íbamos, íbamos... ¡tas, tas!, haciendo ruido. Y entonces el fulano se para... Y nos espera. Lo juro, es la verdad. Nos esperó, con la cabeza muy levantada. Y llegamos junto a él, los cuatro juntos. Y nos dice: «¿Sois voostros los que me queréis matar?» Y Ángel Turro dice: «Sí». Y él dice: «Habéis tardado mucho». Quedamos parados. Sonó un pito muy fuerte... Dadme vino. Tengo mucha sed. Y, luego, dice: «¡Dios, Dios mío...»

—Tienes miedo —dice un tonelero que nunca ha visto una pistola.

—Tenía miedo, sí... Y Ángel Turro comenzó a disparar. Y todos disparamos. Y después de tanto silencio se escuchaba el rebote, hasta las balas que llegaban sin fuerza, porque atravesaban carne antes. El fulano se fue agachando, agachando hasta que cayó de bruces. Piccardo se le acercó...

—¿Quién era Piccardo?

—Piccardo come cardo... Era Quirino. Su abuelo era italiano, un camisa roja de Garibaldi... o eso decía él. Piccardo era nuestro jefe. Piccardo le dio el tiro de gracia. Casi no tuvo tiempo. Del final de la calle empezaron a brotar llamas.

—¿Un incendio?

—No, mi amigo: disparos. Con fusiles y pistolas grandes. Largo Serena dio media vuelta, pegó la cabeza en la pared y cayó al suelo... O no sé si cayó y dio con la cabeza en el suelo...

—Estás torpe hoy, Mandarino. ¿Quién es mesié Serena?

—Largo Serena en escena... Serena, el estudiante, el que le daba rabia que el fulano estuviera en la cama con la otra mientras nosotros pasábamos frío en el maldito sótano. Largo Serena, lo vi muy bien, cayó encima del general...

Un metepata juega a ser gracioso:

—Querría caer sobre blando. En vez de Largo, sería Blando...

Mandarino medio se levanta. Pero le obligan a sentarse otra vez.

—Como vuelvas a decir algo así te rompo la cabeza, comenabos. Largo era un buen tipo. Y lo era Ángel Turro..., Turro, Turro, el que tenía un bicho en la barriga... No le vi morir, no; por lo menos del todo. Le vi empezar... Se sentó en el suelo, con la espalda en la pared y disparó, disparó...

Los presentes no quieren que se acabe tan pronto la

historia. Están acostumbrados a que mesié Mandarino la adorne profusamente.

—Hoy lo estás haciendo muy mal, Jules.

—¡Dejadme marchar...!

—¡Espera...! ¿Qué hacías tú? ¿Por qué quedaste vivo?

Mandarino quiere escapar y por eso abrevia:

—Yo, estaba junto a Piccardo. Nos pegamos a una pared y tratamos de escapar por el lado contrario. Quirino maldecía, sorprendido... Y desde la otra punta de la calle, ¡pacung...!, nos frieron a tiros. Nos refugiamos en una cancela. Olía a pan, era una panadería, una «boulangerie»... ¡Me entró un hambre...!

—Y sed también, recuerda, Jules.

—Entramos en la panadería, las pistolas en la mano. La atravesamos sin saber cómo. Se tiene un instinto de perseguido y eso es todo. La panadería tenía otra salida, por un pasaje donde descargaban la harina... Todo fue fácil. Ángel Turro quedó sentado en el suelo. Oíamos sus disparos... Luego, supe que había muerto.

Mandarino está narrando con más seriedad de la que quisieran los risueños bebedores de noticias y de vino.

—Y el hada dio con la varita... ¡y sólo quedan dos!

Mandarino rectifica:

—Quedé únicamente yo... A Quirino Piccardo le mataron una hora más tarde, a la puerta de su casa, o de la casa donde vivía su «femme de coeur», Luisa, una chica triste...

—Sí, lo sabemos, enamorada de Largo Serena...

Mandarino se levanta...

—Dejadme, cochones. ¡Odette! ¡Odette!...

El corro quiere saber más. Incluso apunta:

—Cayó rodando por la escalera, con un balazo entre los ojos... Sigue, Jules.

—¡Odette! ¡Odette!... ¡Dejadme! No quiero contar más no; no quiero que lo toméis a broma. El gobernador murió como un valiente, y Largo Serena, y Ángel Turro... Y Quirino... ¡Odette!

—Todos menos tú, Jules.

Mandarino, a puñetazos, escapa. Corre por la trastienda. Sube al piso superior. Odette, la pacífica Odette, que amaba al extraño español, le encuentra tumbado en la cama.

—No, Jules, no llores... No hagas eso. No cuentes más historias a esos cerdos... Vamos, querido, olvídalo todo.

La dulce y gorda Odette quiere a Mandarino. Julio tiene esa suerte. Julio Mandarino tiene lo que siempre deseó: una mujer sabrosa y una taberna en la dulce Francia, donde el promedio de vino consumido, según las estadísticas, es de dos litros «per capita» al día.

Índice

Introducción 5

I. Con los hombres... 19

II. ...Y en el sitio 97

III. A la espera 165

Interrupción 263